www.tredition.de

AF214863

Ein makabrer Fund im Paradies

Hans Schaub

Ein makabrer Fund im Paradies

Kriminalroman

© 2018 Hans Schaub

Verlag und Druck: tredition GmbH, Hamburg

ISBN
Paperback: 978-3-7469-8591-6
Hardcover: 978-3-7469-8592-3
e-Book: 978-3-7469-8593-0

Und sie bewegt sich doch.

Der standhafte Galileo Galiliei

1.Auflage 2018

Vorwort

Wachtmeister Heierle ermittelte bereits in meinem letzten Kriminalroman, *Bigler und der Franzose.*

Nur wenige Jahre vor seiner Pensionierung verhalf ihm ein personeller Engpass bei der Kriminalpolizei zum Karrieresprung. Dennoch lässt ihn der Frust über die späte Beförderung nicht los. Die offensichtliche Überlegenheit seiner jüngeren Kolleginnen und Kollegen im digitalisierten Umfeld versucht er durch sein Wissen und die langjährige Erfahrung in der Polizeiarbeit wettzumachen. Dabei vertraut er seinem Bauchgefühl, das ihm schon oft bei der Aufklärung des jeweiligen Falles geholfen hat.

Im Fall *Bigler und der Franzose* waren die Fährten derart verzwickt gelegt, dass er am Ende scheiterte und die Indizien, die quasi vor seinen Füssen lagen, nicht interpretieren konnte.

Im neuen Fall, dem eines makabren Fundes in der Neubausiedlung *Im Paradies*, glaubt er bereits auf der Fahrt zum Tatort entscheidende Fakten zu erkennen, die ihn auf eine heiße Spur lenken.

Der Fund

Auf dem Steg aus behelfsmäßig ausgelegten Brettern, die den erdigen Grund bedeckten, begegnete Frau Böhm dem Erstmieter der Überbauung, Luigi Nardo. „Und, wie haben Sie sich eingelebt, ist alles in Ordnung in Ihrer Wohnung?"

„Abgesehen von einem kleinen Problem im Bad, das sich bis heute nicht, wie gehofft, von selbst erledigt hat, ist alles bestens."

„Was stört Sie, wie kann ich Ihnen helfen?"

„Das Wasser in der Dusche läuft nur langsam ab. Immer wieder muss man während des Duschens unterbrechen, sonst läuft die Wanne über. Ist das Wasser weg, stinkt es aus dem Ablauf. Mit Raumspray überdecken wir den strengen Geruch, der aus dem Abfluss steigt. Ich vermute, dass mit dem Siphon etwas nicht stimmt."

Frau Böhm hob ihre Stimme, sodass das Paar, das sie zu einer Wohnungsbesichtigung begleitete, sie hören konnte.

„Es ist der Immogiardino AG ein wichtiges Anliegen, ihre Mieter zufriedenzustellen. Ich werde die zuständige Haustechnik informieren. Die Kurer GmbH wird sich bei Ihnen melden und mit Ihnen einen Termin für die Behebung des Problems vereinbaren. Wenn sonst nichts ist, wünsche ich Ihnen einen schönen Tag."

Sie führte ihre Begleitung über die Planken zu einem der sechs Wohnblöcke mit lauter leerstehenden Wohnungen. Als Zuständige für die Vermietung oder den Verkauf der Einheiten hatte sie einen schweren Stand. Noch sah die Umgebung alles andere als wohnlich aus. Hohe Hügel aus ausgehobener Erde warteten darauf, zwischen den Mehrfamilienhäusern verteilt zu werden. Der Gesellschaft, die die Überbauung geplant und gebaut hatte, war es noch nicht gelungen, einen Gartenbauer für die Umgebungsgestaltung zu beauftragen. Keiner fand sich bereit, zu den angebotenen Konditionen tätig zu werden.

Luigi und Denise Nardo hatten eine neue Wohnung in der Nähe von Luigis Arbeitsstelle gesucht. In wenigen Wochen erwarteten sie ihr erstes Kind. Zwar fanden sie die Lage der neuen Siedlung nicht optimal, das Angebot, während der ersten drei Monate mietfrei wohnen zu können, hatte ihrer Entscheidung jedoch nachgeholfen.

Frau Böhm, deren Büro in einem Container neben der Zufahrt zur Tiefgarage untergebracht war, langweilte sich täglich. Nur wenige Leute zeigten Interesse an der unattraktiv erscheinenden Siedlung. Der Landwirt, dem das Grundstück daneben gehörte, hatte dem Immobilienunternehmen nicht erlaubt, auf seinem Grund und Boden eine überdimensionale Werbetafel für die Wohnungen aufzustellen. „Ihr habt mein Land vor dem Bau nicht kaufen wollen und nun soll ich euch bei der Vermarktung des Schandortes unterstützen", hatte er Herrn Langenegger, dem CEO der Immogiardino, ins Gesicht geschrien. Selbst die zwei Tausender, die dieser ihm angeboten hatte, hatten ihn nicht von seiner Haltung abbringen können.

Die Wohnblöcke mit jeweils zwölf Wohnungen bildeten für das kleine Dorf Biswil ein neues Quartier. Belustigt von dem fantasielosen Namen *Im Paradies*, mit dem die Marketingabteilung die Überbauung bewarb, spotteten die Einheimischen über den Fremdkörper in ihrem ländlichen Ort. Am Stammtisch im Sternen hatten die regelmäßig einkehrenden

Gäste darüber debattiert. Zwischen Bahnlinie und Kantonsstraße eingeklemmt, erinnerte das Grundstück keineswegs an paradiesische Zustände. Am Ende des Tages war es der alte, mitten auf dem Gelände stehende, halb dürre Apfelbaum, den man mit etwas Fantasie mit dem Paradies in Verbindung hätte bringen können. Der zweiundachtzigjährige ehemalige Gemeindeammann Gottfried, der nichts vom allgemeinen Rauchverbot hielt und nie von seinen Villiger Stumpen lassen konnte, lachte verschmitzt und meinte, mit einem Apfel von diesem Baum hätte sich Adam wohl kaum verführen lassen.

Anlässlich der Übergabe der Wohnung forderte Frau Böhm die Nardos auf, von ihnen festgestellte Baumängel umgehend zu melden. Es sei ihr ein besonderes Anliegen, rasch über versteckte Mängel informiert zu werden, um diese umgehend beheben zu können. Denise blieb beim Rundgang durch die Wohnung hinter ihr und bewunderte ihre langen, schlanken Beine und die Schuhe mit den hohen Bleistiftabsätzen. Im Kinderzimmer wies Frau Böhm auf den Boden und wandte sich an die werdende Mutter. „Der ist mit Korkplatten belegt. Ein Naturstoff, warm und weich, empfindlich gegen spitze Gegenstände."

„Sie meinen zum Beispiel Schuhe mit Bleistiftabsätzen?", erkundigte sich Denise.

„Genau, doch mit solchen werden Sie wohl kaum ins Kinderzimmer gehen."

„Nein, ich nicht."

Doch Frau Böhm überhörte es.

Einige Tage nach der Begegnung mit der Verwalterin meldete sich der Disponent der Kurer GmbH und vereinbarte mit Luigi, am folgenden Freitagnachmittag einen Monteur vorbeizuschicken. Luigi wollte zu Hause sein, wenn der Handwerker in seiner Wohnung hantierte, und nahm an seiner Arbeitsstelle frei.

„Tatsächlich, da stimmt etwas nicht, ist Ihnen etwas in den Ablauf gefallen? Ein Waschlappen, eine Seife oder sonst was?", fragte der junge Installateur.

„Wie kommen Sie auf so was, das Ablaufgitter ist derart engmaschig, da würde unmöglich etwas durchpassen, das groß genug wäre, um den Ablauf zu blockieren."

Mit einem spachtelartigen Werkzeug zog der Handwerker das Feingitter heraus. Öffnete nochmals den Wasserhahn und musste feststellen, dass weiterhin nur wenig Wasser abfloss. „In Parterrewohnungen liegt der Siphon tiefer als in den darüberliegenden Wohnungen", erinnerte er sich. „Ich muss ein wenig improvisieren, um in der Tiefe stochern zu können."

Aus seinem Firmenwagen holte er ein Stück Draht, den er zu einem langen Haken zurechtbog.

„Da ist was Weiches, ich spüre es." Er stocherte mit dem improvisierten Werkzeug und versuchte das Ding, das sich verklemmt hatte, hochzuziehen. Ein Strahlen in seinem Gesicht signalisierte, dass er Erfolg zu haben glaubte. Langsam drückte er gegen das unbekannte Objekt und zog gleichzeitig mit einer Drehbewegung am Draht. Plötzlich ein Flutschen, das Wasser floss ab und das Ende des Hakens knallte ihm ins Gesicht.

Wie elektrisiert, warf er das klebrige, stinkende Etwas auf den Boden der Duschkabine. Fast gleichzeitig mit der Erkenntnis, was er da aus dem Ablauf gefischt hatte, rebellierte sein Magen. Es gelang ihm, den Deckel der Toilette anzuheben, und er übergab sich heftig.

Luigi, der während der Prozedur zugeschaut hatte, betrachtete das schlabbrige Ding näher. Ein menschliches Ohr, zweifellos. Dem Gestank nach, der davon ausströmte, musste es aus Fleisch und Blut sein. Keines aus Plastik oder Gummi aus einem Geschäft für Gruselartikel. Das Ohr eines Menschen, das Ohr einer erwachsenen Person.

„Das muss ich melden", stotterte der nun bleichgesichtige, sich am Rand des Waschtisches haltende junge Mann. Sein Gesicht hatte er nach dem Erbrechen mit warmem Wasser gewaschen und mit einem von Luigi gereichten Handtuch getrocknet.

Inzwischen war Denise hinzugetreten und hatte die verstörten Männer vorgefunden. Dass es sich bei dem Fundstück um ein menschliches Ohr handelte, konnte sie bestätigen. Als Pflegeassistentin in der Notaufnahme des Bezirksspitals erschrak sie wegen eines abgetrennten Körperteils nicht so leicht.

„Woher kommt das Ohr?", stellte sie als Erste die entscheidende Frage.

„Ich weiß nur eines, das aber sicher: Es wird Scherereien geben", murmelte Luigi. „Es muss von jemandem entsorgt worden sein, der vor unserem Einzug Zugang zu dieser Wohnung hatte."

Der Monteur gab in seiner Firma Bescheid. Erzählte, was er entdeckt hatte. Den Anordnungen seines Chefs folgend, rief er die 117 an und berichtete von seinem Fund. Denise zog ihren Mann in die Küche. „Kannst du dir vorstellen, was nun geschehen wird? Fremde Leute werden unsere Wohnung betreten, sie werden uns in die Zange nehmen, alles wird durchsucht werden. Wir können froh sein, wenn wir die Wohnung nicht verlassen müssen."

Doch Luigi schüttelte den Kopf. „Ich denke nicht, dass es so kommen wird. Es ist doch offensichtlich, dass wir damit nichts zu tun haben. Die nehmen das Ohr und untersuchen es in einem Labor."

Von draußen hörte man die Sirene eines Streifenwagens. Zwei Beamte läuteten an der Wohnungstür und verlangten Zutritt.

„Kübler, mein Kollege Sandmeier, haben Sie Meldung erstattet?"

„Ich war es", rief der Handwerker aus dem Bad.

In ihren schweren Stiefeln schritten sie durch den Flur, an dessen Ende sich das Bad befand.

„Name."

„Michel Schober von der Sanitärfirma Kurer GmbH."

„Berichten Sie möglichst ausführlich und präzise, was hier vorgefallen ist."

Schober, der sich von seinem Schreck erholt hatte, wurde sich seiner Rolle als Finder des makabren Teils bewusst und verstand sich fortan als der Entdecker eines mysteriösen Geschehnisses.

„Mein Chef, Herr Kurer, hat mich beauftragt, herauszufinden, weshalb in der Dusche das Wasser nicht wie üblich abläuft. Dass irgendein Gegenstand im Siphon die Ursache war, war mir klar. Mit einem aus Draht hergestellten Werkzeug gelang es mir, das Ding aus dem Abfluss zu ziehen. Sie sehen ja, um was es sich handelt."

Kübler beugte sich vor und betrachtete das in der Duschwanne liegende Objekt, dann wandte er sich an Luigi.

„Tatsächlich, ein abgetrenntes, menschliches Ohr, so etwas habe ich noch nie gesehen. Herr Nardo, haben Sie dafür eine Erklärung?"

„Nein, mir ist lediglich aufgefallen, dass das Wasser langsam ablief, seit wir die Wohnung bezogen hatten."

Kübler, der sich inzwischen wiederaufgerichtet hatte, rief Sandmeier zu sich. „Wir lassen das Ohr, wo es liegt, keine Berührung, wir könnten Spuren vernichten. Du rufst Heierle an und erstattest ihm Bericht. Er soll sich um diese Angelegenheit kümmern und entscheiden, wie wir weiter vorzugehen haben."

„Genau so was habe ich erwartet", schnauzte Wachtmeister Heierle seinen Untergebenen durch das Funkgerät an. „Es ist Freitag, gegen Abend. In der Trattoria habe ich auf sieben Uhr einen Tisch für zwei Personen reserviert. Wegen dieses Scheißberufs musste meine Frau schon auf vieles verzichten. Aber dass es ausgerechnet ihr Geburtstagsessen sein muss. Ein abgeschnittenes Ohr verdirbt mir den Appetit und bringt mich um den verdienten Feierabend. Wie heißt der Mieter, bei dem das Objekt gefunden wurde?"

„Luigi Nardo, wohnt seit etwa einem Monat als erster Mieter in der Überbauung."

Heierle stutzte. „Moment, ein abgeschnittenes Ohr bei einem Italiener, das könnte etwas Ernstes sein. Ich biete das ganze Rösslispiel auf. Lasst den Italiener nicht laufen. Ende."

Dann rief er seine Kollegin: „Dolores, wir müssen raus, auch dein Feierabend wird verschoben."

Mit Blaulicht rasten sie ins Wynental. Während Dolores sich im dichten Feierabendverkehr voll auf die Straße konzentrierte, kam Heierle zur Sache.

„Folgendes ist vorgefallen, im Abfluss der Dusche des Mieters Luigi Nardo wurde ein menschliches Ohr gefunden. Ich kombiniere: Ohren abschneiden ist eine Strafe und für den, der das Ding erhält, eine Warnung vonseiten der Mafia. Der Name Nardo weist auf Italiener hin. Diese Sachlage lässt bei mir den erheblichen Verdacht aufkommen, dass wir es hier mit einem Verbrechen zu tun haben, in das eine kriminelle Organisation involviert ist."

Erstaunt fragte Dolores: „Weshalb fahren wir wegen eines Fundstücks, das nicht wegrennen kann, mit voller Musik durchs Tal? Und nur weil jemand einen südländischen Namen trägt, ist er noch lange kein Mafioso. Es könnte eine ganz andere Erklärung dafür geben, wie das Ohr in den Ablauf gekommen ist. Es ist ja noch nicht einmal geklärt, ob es sich bei dem gefundenen Objekt tatsächlich um eines aus Fleisch und Blut handelt."

„Deine Vorbehalte gegen meine kriminalistische Begabung, zu kombinieren, wenn andere noch nach der Stecknadel im Heuhaufen suchen, ist mir bekannt", entgegnete Heierle. „Es gibt Kriminalisten, die haben diese Talente, andere nicht. Und erfahrene Männer sind euch jungen Frauen in gewissen Dingen voraus, etwas, woran sich wohl nie etwas ändern wird. Oder gönnst du mir den Knüller in der Presse nicht?"

„Chef, ich will dich nur vor voreiligen Schlüssen und einem Rohrkrepierer schützen. Nur weil jemand einen ausländischen Namen trägt, ist er für dich gleich verdächtig. Auf die Gefahr hin, dass du die nächsten Tage einen Groll gegen mich hegst, erinnere ich dich daran, dass auch dein Name auf ausländische Wurzeln hinweist."

„Das stimmt sogar, mein Großvater kam als Zuckerbäcker aus dem Badischen in die Schweiz. Die von dort sind Alemannen, genau wie die Deutschschweizer. Und Alemannen sind arbeitsam, ehrlich und rechtschaffen, anders als die Einwanderer aus Südeuropa. Hast du das begriffen?"

Dolores biss sich auf die Lippe und fragte sich, ob sie Ihm in Erinnerung rufen sollte, dass auch sie ein Kind spanischer Einwanderer war. Doch sie entschied sich dagegen. Hätte sie zugegeben, wie sie über ihn dachte, hätte sie ein Disziplinarverfahren wegen Beleidigung eines Vorgesetzten am Hals gehabt.

Sie parkten neben dem Wagen der Kollegen und folgten Sandmeier, der dem Lärm der Sirene entgegengegangen war, durch den Hauseingang in die Wohnung.

In der Küche saß Denise auf einem Hocker am Tisch und schaute kurz auf, als Dolores hinter dem korpulenten Heierle eintrat. Kübler deutete ein Strammstehen an und begann die Situation zu erläutern. Stellte den Mieter Nardo vor.

„Verstehen Sie Deutsch, Herr Nardo?", sprach Heierle den verdutzten Luigi an.

„Ich wüsste nicht, in welcher Sprache Sie mich sonst anreden sollten."

„Ihr Name klingt italienisch."

„Ja, mein verstorbener Großvater kam aus Italien, er heiratete, genau wie später mein Vater, eine von hier und wurde Schweizer, ich selbst spreche nur ein paar Brocken Italienisch."

„Wie kommt es, dass Sie ein Ohr in Ihrer Dusche versteckt hatten?"

„Was soll die Frage, wir haben diese Wohnung gemietet und stellten nach dem Einzug fest, dass in der Dusche das Wasser nur langsam ablief. Der Vermieter schickte einen Monteur, der sich um die Sache kümmern sollte. Er fand das Ohr."

Damit war Heierle nicht zufrieden. „Ihr Bericht scheint mir unvollständig und recht dürftig. Wir nehmen das Ohr mit ins Labor. Die Spurensicherung wird Ihr Badezimmer auf weitere Erklärungen hin untersuchen. Sie halten sich zu unserer Verfügung. Bis auf Weiteres keine Reisen ins Ausland."

„He, was kann ich dafür, wenn in meiner Mietwohnung so etwas gefunden wird? Etwas, mit dem weder ich noch meine Frau auch nur das Geringste zu tun haben. Ich protestiere gegen diese Behandlung. Suchen Sie denjenigen, der mir das Ei gelegt hat. Ein Spaß ist es sicher nicht."

„Es bleibt dabei, meine Kollegin wird nun Ihre Personalien aufnehmen. Solange der Spurendienst Ihre Wohnung nicht wieder freigegeben hat, wird nichts verändert."

Schober durfte mit der Auflage nach Hause, sich am Montagmorgen auf dem Hauptposten in Aarau zu melden.

„Endlich!", rief Heierle den beiden Frauen der Spurensicherung entgegen, als sie, eine halbe Stunde, nachdem sie benachrichtigt worden waren, in die Wohnung eintraten.

„Nur mit der Ruhe", entgegnete eine der SpuSi-Frauen, „die Leiche wird wohl nicht wegrennen. Wonach haben wir zu suchen?"

„Bis jetzt gibt es nur ein Ohr, es ist an euch, rauszufinden, wie es in den Ablauf der Dusche gekommen ist. Unsere Aufgabe ist es, den Rest der Leiche zu finden. Hier haben wir genug gesehen. Wir fahren zurück und machen Feierabend."

Den beiden Streifenbeamten bläute er ein, dass nichts von dem Fund nach außen dringen dürfe, solange dessen Herkunft nicht bekannt sei.

Raum für Raum durchstöberten nun die beiden Spezialistinnen die Wohnung, kehrten jeden Wäschestapel in den Schränken um. Suchten in der Zuckerdose nach weißem Pulver, in Kästen nach verborgenen Schubladen. Nach einer halben Stunde hatten sie gesehen, was es zu sehen gab. Nichts lieferte in irgendeiner Weise einen Hinweis auf die Herkunft des Ohrs. In einer Plastiktüte trugen sie das bisschen Restmensch und ihre Gerätschaften aus dem Haus und verabschiedeten sich mit der Erklärung, dass es keine Einschränkungen zur Nutzung der Räume gebe.

Der Espresso, den Denise ihrem Mann vorsetzte, hob seine Stimmung etwas. Er hatte sich über Heierles Fragen zu seiner Herkunft aufgeregt und ließ sich erst allmählich von seiner Frau beruhigen.

Anders im Sternen. Die mit Blaulicht und Sirene anfahrende Polizei hatte die Aufmerksamkeit und die Neugier geweckt. Drei Polizeifahrzeuge, eines davon ein Kleinbus, da musste etwas geschehen sein, das schwerer als ein Fahrraddiebstahl wog. Einem am Stammtisch war auch das Servicefahrzeug von Sanitär Kurer aufgefallen.

„Dann müsste es der junge Schober gewesen sein, der dort vor Ort war, der wird meist dann eingesetzt, wenn es gilt, den Pfusch seiner Kollegen auszumerzen!", rief einer laut ins Durcheinander der Diskussion.

Ein anderer nahm den geworfenen Ball auf: „Ich kenne den Schober vom Fußball, seine Handynummer habe ich gespeichert, ich ruf ihn an."

Nach der kurzen Begrüßung überfiel der Anrufer Schober mit der Frage, was er über den Polizeieinsatz vom späten Nachmittag wisse. „Ja, ja, so weit haben wir es in Biswil gebracht", setzte er hinzu, „kaum zugezogen, schon muss die Polizei eine Wohnung durchsuchen. Das wird nicht das letzte Mal gewesen sein, dass die im Paradies vorfahren müssen."

„Tu nicht so wichtig!", schrie einer über den Tisch. „Sag, was war."

„Die haben im Abflussrohr in der Dusche einer Mietwohnung ein abgeschnittenes Ohr gefunden." Augenblicklich kehrte Ruhe am Stammtisch ein.

Dem alten Gemeindeamman fiel beinahe der schon lange ausgekühlte Stumpen aus dem Mund. „Ein richtiges Menschenohr, gruselig. Und so was in unserem sauberen Biswil."

Nun ging es los, jeder hatte etwas zu sagen und sagte es auch. Was geredet wurde, war unwichtig, keiner verstand den andern. Immerhin empfand man es als Genugtuung, etwas zum Fall beigetragen zu haben. Beinahe ging es zu wie bei einer Debatte im Bundesparlament, je inhaltloser die Reden der Parlamentarier, umso lauter brüllen sie.

Gäste an anderen Tischen wollten wissen, um was hier so laut gestritten werde. Es gehe darum, wie ein menschliches Ohr in den Abfluss einer Dusche kommen könne, gab der am nächsten

Sitzende zur Antwort. Da habe eben jeder seine eigene Vorstellung.

Noch vor dem Abendessen wusste jeder im Dorf, was im Paradies gefunden worden war.

Heierle rang mit sich, ob er den Fund der Bundespolizei melden sollte. Immerhin sagte ihm sein Bauchgefühl, dass es sich hier um ein Delikt im Umfeld des organisierten Verbrechens handeln könnte. Mit Fakten erhärten konnte er diese Vermutung allerdings nicht. Daher schien es ihm richtig, bis Montag zu warten, vor allem aber wollte er seine Frau nicht enttäuschen. Mit den Worten: „Der Rapport und alle weiteren Maßnahmen haben Zeit bis Montag", entließ er Dolores ins Wochenende.

Nach diesem erlebnisreichen Tag legte sich Schober nach der Nacht-Tagesschau ins Bett. Kaum war er eingeschlafen, rissen ihn die schrillen Töne der Hausglocke aus den Federn. Im Pyjama stieg er die Treppe hinunter. Sachte öffnete er die Haustür und sah sich einer blitzenden Kamera gegenüber. „Wie fühlt man sich, wenn einem ein richtiges Ohr um die Ohren fliegt?"

„Was soll das, wer sind Sie?", fragte er, geblendet von den Blitzen aus der Dunkelheit.

„Von der Zeitung, ein Leserreporter hat uns von Ihrem Erlebnis heute Nachmittag in der Neubausiedlung berichtet. So etwas enthält alle Ingredienzien für die Titelgeschichte am Sonntag."

„Ja, ich habe etwas, das wie ein Ohr aussieht, aus dem Abfluss einer Dusche gezogen. Ob es ein echtes menschliches Ohr war oder eines aus Kunststoff oder Gummi, wie es sie als Scherzartikel gibt, kann ich nicht sagen. Der Geruch war jedenfalls scheußlich. Die Polizei hat es zur Untersuchung mitgenommen."

„Sie meinen damit, dass auch die Polizei noch im Dunkeln tappt, was die Herkunft des Teils angeht."

„Davon gehe ich aus. Wann die Ergebnisse aus dem Labor vorliegen, das müssen Sie dort erfragen."

„Wir werden uns morgen nochmals melden und dann ein Foto bei Tag von Ihnen machen."

„Ich möchte nicht, dass von mir ein Bild in irgendeiner Zeitung erscheint. Bitte akzeptieren Sie meinen Willen, gute Nacht", erwiderte Schober und schloss die Tür, ohne sich zu verabschieden.

In der einzigen bewohnten Parterrewohnung im Paradies öffnete niemand auf das heftige Läuten. An allen Fenstern waren die Lamellenstoren geschlossen, nur wenn man ganz nahe herantrat, konnte man einen Lichtschimmer aus dem Wohnzimmer erkennen. Auf dem Namensschild am Hauseingang stand der Name des Mieters.

Am Stammtisch im Sternen fanden die Zeitungsleute nur noch einen einsamen, mit glasigen Augen vor sich hin starrenden Gast. Obwohl er von Bier und Schnaps zugedröhnt war, erklärten die beiden Reporter ihn zum aufgeregtesten Bürger des Dorfes. Als einen derjenigen, die sich ängstigten und um ihre eigene Sicherheit fürchteten. Das Foto von ihm an seinem Lieblingsplatz sollte das Titelblatt der morgigen Ausgabe zieren.

Auf der Fahrt in die Redaktion analysierten die beiden Männer alle ihnen soweit bekannten Sachverhalte. Was Fakt, Gerücht und Vermutung war, schien ihnen noch unklar. Sie teilten sich die Aufgaben, denen sie am Samstagmorgen nachzugehen hatten. Ein Meeting mit dem Chefredakteur sollte klären, ob und auf welcher Seite der Zeitung am Sonntag der Bericht erscheinen sollte.

Samstag

Der stellvertretende Chefredakteur der Zeitung, dem bislang ein Aufhänger für sein Sonntagsblatt fehlte, ergänzte das Team im Fall des Ohrs im Abflussrohr um zwei erfahrene Mitarbeiterinnen. Gründliche Analysen und Recherchen in allen Richtungen sollten einen Überblick über das Geschehen ermöglichen. Weitere Personen in Biswil wurden befragt. Auch brachte ein erneuter Versuch, mit Schober zu reden, Erfolg. Die zweihundert Franken als Aufwandsentschädigung halfen seinen Erinnerungen an den Freitagnachmittag auf die Sprünge. Geduscht und adrett gekämmt, in neuen Jeans und buntem Hemd ließ er ein Foto vor dem Servicefahrzeug der Kurer Sanitär GmbH von sich machen, das seiner Eitelkeit genügte.

Ein Anruf bei Nardos Chef, Bruno Frei, der sich in seinem Wochenendhaus im Tessin befand und noch nicht vom Fund in Nardos Wohnung wusste, brachte keine neuen Erkenntnisse zur Person Nardo. Er sei ein zuverlässiger und treuer Vorarbeiter in seiner Schreinerei, untadelig und allen ein kollegialer Mitarbeiter. Frei weigerte sich, die Namen von Luigis Arbeitskollegen preiszugeben.

Luigi und Denise waren unerreichbar. Im Hinblick auf das zu erwartende Durcheinander waren sie schon am frühen Morgen zu Denise Schwester in die Ostschweiz gefahren.

Sonntag

Die großen Lettern und der nach Antworten schreiende Titel „Wem gehört das Ohr im Ablaufrohr?" brachten der am Sonntag erscheinenden Zeitung die erhoffte Aufmerksamkeit.

Ob der Fund ein Fall sei oder einer werden könnte, stand nicht zur Debatte. Vermutungen und Annahmen wurden wie Tatsachen zu einer Story aufgebauscht. Auch wurden diejenigen, welche auf Fragen der Zeitungsleute keine Antwort geben wollten oder durften, als Geheimniskrämer oder unzuverlässige Beamte gebrandmarkt. Die Aussagen waren nie konkret, doch die Betroffenen wurden im Bericht entsprechend dargestellt.

Am Samstag war Frau Böhm im Containerbüro erreichbar. Sie hatte vom Fund erfahren, ihm jedoch nicht die gleiche Bedeutung wie die Presseleute geschenkt. Angaben zur Person Luigi Nardo waren von ihr nicht zu bekommen. Etwas, das der Schreiber als eine maßlose Missachtung des Rechts auf Informationsfreiheit darstellte. Ihre Haltung begründete sie mit ihrer persönlichen Überzeugung und auch mit der gesetzlich geschützten Privatsphäre, weshalb Daten von Mietern niemandem außerhalb ihres Tätigkeitsumfelds bekannt gegeben werden dürften.

Der Tatenlosigkeit beschuldigt wurde auch die Polizei. In Ermangelung eines Protokolls hatte der am Samstag Dienst tuende Polizeioffizier keine konkreten Kenntnisse von der Sache und hatte auf den kommenden Montag verweisen müssen. Der Journalist spekulierte und ließ die unbeantworteten Fragen auf seine Weise offen. So dürfe es nicht sein, dass zwei Tage nach dem Auffinden eines Leichenteils noch keine DNA vorliege. Kurz, der Grundtenor lag auf dem Vorwurf, die Polizei habe nicht eng genug mit der Presse zusammengearbeitet.

Der Versuch, mit den dünnen bekannten Tatsachen einen die Aufmerksamkeit erregenden Leitartikel am Sonntag zu landen, war misslungen. Es blieben Spekulationen. Eine davon betraf den Namen des Mieters. Das Ohr sei eine Warnung der Mafia, diese Behauptung diente als Aufhänger im Innenteil der Zeitung. Ein ausführlicher Hintergrundbericht zum Wesen und Wirken der Mafia aus den Konserven des Zeitungsarchivs. Nicht ohne den Hinweis, dass das Gerücht um das gefundene Ohr in Biswil der Auslöser für die Recherchen über kriminelle Banden und Anlass für die Veröffentlichung gewesen sei. Allerdings gebe es keine konkreten Hinweise, dass im betreffenden Fall mafiöse Mächte im Spiel seien.

Noch bevor der erste Leser das Blatt in seinen Händen hielt, erschien der Bericht im Onlineportal der Zeitung. Andere Plattformen kopierten und veröffentlichten ihn auf ihren Seiten.

Am Stammtisch im Sternen fand sich kein freier Stuhl. Zu jenen Gästen, die sich am Freitag über den Fund im Paradies aufgeregt hatten, kamen weitere hinzu. Auch solche, die den Sternen bis dahin noch nie von innen gesehen hatten. Auf die Frontseite hatte es Biswil, seit es Sonntagszeitungen gab, noch nie geschafft. Im Dorf lebten noch viele Leute, die fest der Meinung waren, dass alles, was in der Zeitung geschrieben stand, gründlich recherchiert sei und den Tatsachen entspreche. Im heutigen Bericht, der voller Behauptungen und Vermutungen steckte, erkannten genaue Leser die Dürftigkeit des Wahrheitsgehalts. Man wollte mehr erfahren. Ob die im Restaurant Sternen diskutierten Behauptungen einen höheren Wahrheitsgehalt hatten, bezweifelten die meisten.

Die Aufmerksamkeit wechselte von dem eigentlichen Vorfall, der den meisten bereits am Freitagabend bekannt gewesen war, zum Hintergrundbericht über die Mafia.

„Wenn da was dran ist und wir hier im friedlichen Biswil jemanden unter uns haben, der in solche Machenschaften verwickelt ist, sind wir in der Gegenwart angekommen", äußerte der ehemalige Gemeindeamman seine Bedenken.

„Kennt einer diesen Luigi?", fragte der Wirt.

Blaser, der bis dahin wortlos vor seinem Panaché gesessen hatte, räusperte sich. „Ja, der arbeitet in der gleichen Bude wie ich. Ist mein Vorarbeiter in der Schreinerei. Ein cooler Typ, immer zu einem Spaß aufgelegt, tut sicher keinem was zuleide. Er wohnte bis vor Kurzem irgendwo im Ruedertal. Dass der jemandem etwas angetan haben soll, kann ich mir kaum vorstellen."

„Dem Namen nach ist der ein Italiener, einer aus dem tiefen Süden. Von dort, wo die Mafia herkommt", ließ der Siegrist verlauten, der nach der Predigt in den Sternen gekommen war, um die Dinge zu erfahren, von denen er in der Kirche nichts gehört hatte.

„Der redet Dialekt wie wir, hat hier Schreiner gelernt, noch nie hörte ich ihn italienisch sprechen."

Ein anderer, der vor seinem leeren Bierglas saß, erwiderte: „Das sind die Gefährlichen, sind als Schläfer unter uns und schlagen erst zu, wenn sie den Befehl dazu erhalten. Genau solche sind unter den Nachkommen von Einwanderern. Und weil es sie gibt, sind wir von der richtigen Partei dafür, mit derlei Volk kurzen Prozess zu machen. Raus mit denen in ihre Heimat, dann haben wir wieder unsere Ruhe. Dann finden auch wir wieder Arbeit und Lohn."

Das wiederum kam nicht bei allen gut an. Der Baumeister, der ihm gegenübersaß, wurde ruppig. „Genau solche, wie du einer bist, würden auch dann von niemandem angestellt. Einen Job zu haben bedeutet schließlich, jeden Tag um sieben am Arbeitsplatz zu sein und ohne großes Rummaulen fleißig und sauber seine Aufgaben zu erledigen. Dich würde ich sicher nicht anstellen. So einen, der kaum vor neun aus den Federn kriecht, am Mittag die zweite Flasche Bier geleert hat und jeden um Geld angeht, kann niemand brauchen."

„Nur nicht persönlich werden, es geht niemanden was an, um welche Zeit ich am Morgen aufstehe." Er stand auf und verließ die Runde, sein Bier blieb er dem Wirt schuldig.

Da es keine weiteren Neuigkeiten zu erörtern gab, löste sich die Stammtischrunde bald auf. Zu Hause wartete das Mittagessen.

Es war kurz vor Mittag, Sabine Böhm hatte sich einen Wohlfühlmorgen gegönnt. Sie war um den nahen See gejoggt und hatte sich nach einem warmen Bad ihren Augenbrauen gewidmet. Von ihrem Handy tönte *All you need is love*. Die Nummer auf dem Display machte sie stutzig, noch nie hatte ihr Chef an einem Sonntag angerufen. Da muss was Ungewöhnliches vorgefallen sein, dachte sie, bevor sie die grüne Taste drückte.

Ohne Begrüßung kam er zur Sache: „Wie kommt es, dass ich aus der Zeitung von einem Verbrechen im Paradies erfahren muss?"

„Ein Verbrechen soll im Paradies geschehen sein? Davon höre ich zum ersten Mal. Wenn Sie den Fund eines Ohrs im Ablaufrohr einer Wohnung meinen, von dem noch nicht klar ist, ob es aus Fleisch und Blut oder aus Kautschuk besteht, darüber weiß ich noch nicht mehr."

„Dann kümmern Sie sich darum, was in der Wohnung vorgefallen ist. Das fehlt uns gerade noch, schlechte Presse von einer Überbauung, bei der wir größte Mühe haben, Käufer oder Mieter zu finden. Ich erwarte noch heute Abend von Ihnen einen Bericht zum Fall."

Noch bevor Sie fragen konnte, durch welches Medium er von dem Vorfall erfahren habe, ertönte das Freizeichen.

Aus ihrer ledernen Businesstasche entnahm sie ihr iPad. Erst als das Gerät sich tot stellte, erinnerte sie sich, dass der Akku schon am Freitagabend leer gewesen war und das Ladekabel im Büro lag. Mit dem Smartphone gelang es ihr, die App der Onlinezeitung zu öffnen. Doch was sie hier erfuhr, war dürftig und brachte sie nicht weiter.

Ungeschminkt, mit zerzausten Haaren und im Hausdress fuhr sie zum Kiosk am Bahnhof der Nachbargemeinde. Auf der Werbetafel davor prangte die Schlagzeile des Tages:

Wem gehört das Ohr im Ablaufrohr?

„Die Zeitung ist ausverkauft, bereits um zehn ging die letzte weg. Versuchen Sie es am Bahnhof in Aarau", empfahl ihr die Verkäuferin, die sie zur Tür des Kiosks begleitete, um hinter ihr abzuschließen.

Was blieb ihr anderes übrig, als, so wie sie war, eine Viertelstunde bis in die Hauptstadt zu fahren und dort einen Parkplatz zu suchen, um schlussendlich ein Exemplar der Tageszeitung ergattern zu können.

Im Wagen las sie den Bericht, doch von einem Verbrechen, wie ihr Chef es beschrieben hatte, war der Vorfall weit entfernt. An den Auftrag an Kurer, den Abfluss der Dusche bei den Nardos zu kontrollieren, erinnerte sie sich. Dass sich daraus ein Kriminalfall entwickeln würde, hatte sie nicht wissen können.

Der Weg zurück in ihre Wohnung führte an ihrem Büro vorbei. In den Akten des Mieters fand sie dessen Handynummer. Vor dem Verlassen des Raums dachte sie an ihr Ladekabel und steckte es ein.

Erst von zu Hause aus rief sie Nardo an. Der Anruf lief ins Leere.

Bei einem Cappuccino aus ihrer kürzlich gekauften Kaffeemaschine nahm sie sich den Zeitungsartikel nochmals vor. Auch nach dem zweiten Lesen sah sie die Faktenlage nicht klarer. Eines musste sie den Autoren jedoch zugestehen, die waren fähig, aus nichts eine Titelgeschichte zu konstruieren.

Inzwischen war ihr iPad wieder so weit aufgeladen, dass sie die Website der Kurer GmbH aufrufen konnte. Prominent und unübersehbar prangte dort der Hinweis:

Unter unserer Notfallnummer sind wir rund um die Uhr für Sie erreichbar.

Doch es schien nicht ihr Tag zu sein. Ihren Anruf beantwortete ein Endlosband: *„Wir danken für Ihren Anruf, am Montag ab 7:30 sind wir wieder für Sie erreichbar und erlösen Sie dann rasch von Ihrem Problem."*

Reflexartig riss sie ihren Arm hoch, um das Handy gegen die Wand zu schmeißen. Im letzten Augenblick kam sie zur Vernunft, schließlich wollte sie sich nicht selbst bestrafen. Nun suchte sie die Nummer des Monteurs, der das Ohr gefunden hatte. Doch der Name aus der Zeitung fand sich in keinem Telefonverzeichnis.

Tatsächlich nicht mein Tag heute, dachte sie zum wiederholten Mal.

Nachdem sie lange darüber nachgedacht hatte, mit welchen Neuigkeiten sie ihren Chef wohl würde besänftigen können, erlöste sie ein Geistesblitz. Eine Viertelstunde später saß sie geschminkt in ihrer Freizeitkleidung am Steuer ihres Autos und fuhr ins Büro. Aus dem Schlüsselkasten entnahm sie den Hauptschlüssel für die Liegenschaften im Paradies.

Vor der Wohnungstür der Nardos drückte sie mehrmals auf den Klingelknopf. Als niemand reagierte, öffnete sie die Tür. Rief laut den Namen der Mieter und trat, als kein Echo kam, in die Wohnung ein. Hinter sich schloss sie ab und ging durch alle Räume. Alles ordentlich versorgt und aufgeräumt. Sauber, keine Spuren von der Durchsuchung durch die Spurensicherung. Auch im Bad nichts Außergewöhnliches. Und von dem durch den Zeitungsbericht suggerierten Leichengeruch, den sie erwartet hatte, war nichts zu spüren. Enttäuscht verließ sie die Wohnung. Vor dem Haus wartete der Mieter, der vor wenigen Tagen die Attika-Wohnung bezogen hatte.

„Ich habe Ihren Wagen erkannt und wollte die Gelegenheit nutzen, von Ihnen zu erfahren, was in diesem Haus vorgefallen ist. So was macht unsicher. Bei dem hohen Mietpreis erwarten wir Mitmieter mit Niveau. Und nun haben wir schon nach der ersten Woche die Polizei im Haus, die Zeitungen sind voll mit Mutmaßungen. Wie stehen Sie dazu?"

„Ich weiß nicht mehr als das, was in der Zeitung zu lesen ist. Herr Nardo hatte bei mir beanstandet, dass das Duschwasser sehr langsam ablaufe. Darauf schickten wir einen Fachmann, der sich der Sache annehmen sollte. Der fand, wie es scheint, rasch die Ursache. Auch ich habe erst heute aus der Presse erfahren, um was für ein Objekt es sich dabei handelte. Dass der Mieter etwas damit zu tun hat, bezweifle ich. Der hätte doch nicht Hilfe angefordert, wenn er das Ohr selbst versteckt hätte."

„Nun", entgegnete der Mann, „ich werde die Sache verfolgen. Als Erstes schaue ich in meiner Dusche nach, ob dort auch ein menschliches Körperteil entsorgt wurde, man weiß ja nie." Damit wandte er sich ab und ging ohne Gruß.

Nicht nur Frau Böhm hatte an diesem Sonntag Ärger. Auch der Chef der Polizei las die Zeitung. Die Aufmachung des marktschreierisch aufbereiteten Artikels durchschaute er rasch. Die machten wieder mal aus einem Mückendreck einen Elefantenkack. So was gehörte zum Journalismus, damit verdienten die ihr Brot.

Anderseits wurmte es ihn, dass er erst aus der Presse vom Einsatz am Freitagabend erfuhr.

Von seinem Nachbarn auf den Aufmacher der Zeitung angesprochen, hatte Heierle sich zum Kiosk bemüht und ein Exemplar gekauft.

Bereits beim ersten Satz fluchte er und sein Fluchen dauerte an, bis er den Artikel durchgelesen hatte.

Saudumm! Nicht die Sache, auch nicht die Presse. Er tadelte sich selbst. Hatte er den Fall und dessen Tragweite falsch eingeschätzt? Ohne daran zu denken, dass aus einem einzelnen Ohr eine solche Wochenendstory werden konnte, hatte er am Freitag darauf verzichtet, einen Bericht zu den Geschehnissen zu schreiben. Sich deswegen aufregen wollte er jedoch nicht. Seit einigen Monaten wusste er, wer sein Nachfolger werden sollte, wenn er in einem halben Jahr in Frühpension gehen würde. Was sollte ihn also ein Gewitter in der Chefetage beschäftigen?

Früher als erwartet schrillte sein Handy, die Nummer seines Chefs erschien auf dem Display. Nun musste er doch schlucken.

„Reg dich ab, Chef, wir wissen zu wenig, um irgendjemanden zu beschuldigen", versuchte er zu beschwichtigen. „Am Dienstag wird das Labor mehr über das gefundene Ohr aussagen können. Zugegeben, ich hätte am Freitagabend noch einen vorläufigen Bericht über die Umstände, wie das Ding gefunden wurde, schreiben müssen. Das nehme ich auf meine Kappe."

„Morgen um halb sechs bist du in meinem Büro, Ende."

Der spinnt wohl, ereiferte sich Heierle, halb sechs, das war ja wie mitten in der Nacht, eine reine Schikane. Der Chef konnte doch seine Macke, schon in aller Herrgottsfrühe im Büro aufzutauchen, nicht als Strafe für seine Untergebenen missbrauchen. Sein Unmut hielt den ganzen Abend an. Für seine Frau nichts Besonderes, sie kannte ihn lange genug, um die Nuancen zwischen Wut, Missmut und schlechter Laune bei ihm werten zu können. An diesem Abend regte er sich am heftigsten über sich selbst auf. Ein erfahrener Polizist schreibt seine Rapporte unverzüglich nach der Rückkehr vom Einsatz ins Hauptquartier, sagte er sich. Gründe, das nicht zu tun, gibt es nicht.

Rechtsanwalt Dr. Santori las die Zeitung nach der Rückkehr vom Spaziergang mit seinem Rottweiler. Es gefiel ihm nicht, was er über das gefundene Ohr in der Zeitung lesen musste. Noch weniger gefiel ihm der als Recherche aus dem Milieu der organisierten Verbrecherbanden bezeichnete Hintergrundbericht auf der zweiten Seite. Was geht hier vor, will jemand unsere

Kreise stören, fragte er sich. Gibt es in unserem Bezirk Mitglieder, von denen ich nichts weiß? Gilt das abgeschnittene Ohr der Person, bei der es gefunden wurde, als Warnung? Eine Sitte, die in unserer großen Familie nicht üblich ist, eher bei den Rivalen. Eine Angelegenheit, der er seine Aufmerksamkeit widmen und die er mit seinen Leuten besprechen wollte.

In seinem Tresen befand sich eine Sammlung mit jeweils fünf Postkarten von der gleichen Örtlichkeit. Er adressierte sie, schrieb unverfängliche Grüße und warf sie frankiert in den nächsten öffentlichen Briefkasten.

Montag

Selbst wenn er gewollt hätte, die kurzen Beine mit dem darüber hängenden Bauch mit dem Umfang einer Pauke hätten es ihm nicht erlaubt, vor seinem Chef strammzustehen. Sich rechtfertigen und erklären zu müssen, weshalb er es unterlassen hatte, am Freitag einen Rapport zum Fund eines Ohrs zu schreiben, empfand er als Zumutung. Was und wem hätte das Geschriebene denn genützt, wenn es auf einem Stapel gelegen und darauf gewartet hätte, dass sich jemand dafür interessierte. Auch war er davon überzeugt, seine Erinnerungen an ein Ereignis vom Freitag auch am Montag mit der genau gleichen Sachlichkeit widergeben zu können. Dass sein Vorgesetzter daran zweifelte, empfand er als Beleidigung, als hätte man ihm unterstellt, sein Erinnerungsvermögen sei getrübt und er sei altersbedingt nicht mehr ganz auf der Höhe.

All das ging ihm durch den Kopf, als er am frühen Morgen, noch vor seinem ersten Kaffee, die Rüge seines Chefs, der sein Sohn hätte sein können, anhören musste.

„Auch wenn es nur noch wenige Monate dauert, bis du in Pension gehst, du hast die Regeln einzuhalten, genau wie jeder andere hier. Es gibt Gründe, weshalb ich regelmäßig über alles informiert sein muss, wie zum Beispiel der Medienbeauftragte, mit dem ich mich am Wochenende getroffen habe. Mündliche Aussagen helfen da nicht weiter. Hinzu kommt, dass mein politischer Vorgesetzter Fragen hatte, Fragen zu einem Fall, den die Medien groß herausgebracht haben und mit Sicherheit weiter bewirtschaften werden. Dumm auf der Bühne stehe dann ich. Muss mir anhören und mich fragen lassen, ob ich der Verantwortung, die die Führung dieses Vereins mit sich bringt, auch wirklich gerecht werde. Und jetzt möchte ich von dir hören, was es außer dem, was in der Zeitung zu lesen war, für Fakten gibt."

Heierle seufzte. „Keine, die mir zu so früher Stunde am Montag bekannt sein könnten. Das Labor wird sich am Wochenende kaum um das Ohr gekümmert haben. Erst wenn wir von denen erfahren, ob es sich um ein menschliches Teil oder um einen Halloween-Artikel handelt, können wir über die nächsten Schritte entscheiden. Sollte es von einem Menschen stammen, werden wir kaum vor Mittwoch die DNA haben. Von diesem Mieter Nardo haben wir am Freitag in keiner Datei etwas gefunden. Es gibt nichts, das ihn verdächtig machen könnte. Nichts, nada.

Um acht wird Dolores erscheinen und den Rapport schreiben. Um neun wird er im System zu lesen sein. Bis dahin werden die Laborleute uns sagen können, ob das Ohr echt ist."

„Informiere mich unverzüglich, sollte es so sein. Ist das klar? Du kannst gehen", entgegnete der Chef. Damit war die Unterredung beendet.

Die Zeit, bis Dolores zum Dienst erscheinen sollte, verbrachte er in der Kantine. Am Automaten nahm er sich einen Kaffee. Die Streifenbeamten vom Nachtdienst saßen an einem Tisch und sprachen vom gestrigen Fußballspiel. Aarau hatte gegen Wohlen verloren. Etwas, das Heierle nur am Rande interessierte. Die Montagsausgabe der Aargauer Zeitung lag auf dem Tisch. Er blätterte bis zum Lokalteil des Wynentals, wo er in der unteren Ecke der Seite eine Notiz zu jenem von den Sonntagsmedien hochgepeitschten Fall fand. Er lachte zufrieden in sich hinein. Die sind sich des Fehlers, mit dem Ohr-Fall einen Primeur landen zu wollen, bewusst. Er fand, dass die kurze Meldung, wie er sie vor sich sah, der Wichtigkeit des Falles mehr als genügt hätte.

Fünf vor sieben, Dolores kam frisch geduscht aus dem Umziehraum. Wie fast jeden Morgen war sie die fünf Kilometer von ihrer Wohnung zum Hauptposten gejoggt. Wach und mit sich zufrieden grüßte sie mit einem „Guten Morgen allerseits." Erst dann nahm sie Heierle wahr, der üblicherweise erst viel später eintraf. Bevor sie etwas sagen konnte, raunzte er sie an.

„Dolores, ich musste heute um halb sechs beim Chef antraben. Sie haben am Freitagabend unterlassen, das Protokoll zum Fall in Biswil zu schreiben."

So leicht wie noch ein Jahr zuvor ließ sie sich von ihm nicht mehr einschüchtern. „Chef, du warst es, der nicht wollte. So wie ich mich erinnere, hattest du am Freitag private Gründe, zeitig nach Hause zu gehen. Und was macht das Protokoll so dringend?"

Heierle fiel wieder ins Du. „Dolores, du solltest Zeitung lesen."

„Sag mir, Chef, weshalb ich Zeitungen lesen soll. Alles nur Fake. Die eine Hälfte des Geschriebenen ist erlogen und die andere entspricht kaum der Wahrheit."

„Okay. So unrecht hast du nicht." Seine Stimme hatte die Schärfe verloren. „Die haben gestern aus dem Fund des Ohrs einen Bericht mit riesigen Lettern gemacht. Der große Häuptling wusste von nichts, als ihn die Leute von der Presse ausquetschen wollten. Auch die Politik wollte Informationen."

Sie nickte. „Gut, ich schreibe den Rapport, in einer halben Stunde können wir ihn durchgehen und, sofern notwendig, ergänzen."

Heierle war zufrieden. „Dann schaue ich, ob die Damen und Herren Labormäuse sich des Corpus Delicti angenommen haben."

Während Dolores ihre Notizen vom Freitag durchging, telefonierte er. Es dauerte, bis am anderen Ende jemand an den Apparat ging. „Seid ihr alle noch im Wochenende, dass es so lange dauert, bis sich jemand so weit herablässt und ans Telefon geht?"

Frau Kohli, die Assistentin, die beinahe so viele Dienstjahre auf dem Buckel hatte wie Heierle, kannte seine Stimme. Nicht zum ersten Mal drückte er sich unflätig aus. Ihm das zu sagen, sah sie jedoch nicht als ihre Pflicht an. Der geht bald in Pension, dann wird seine Frau zum Prellbock für seine Launen, sagte sie sich. Dabei schweiften ihre Gedanken kurz ab, als sie sich fragte, wie die weibliche Form von Prellbock lauten mochte, und in der Schnelle keine Antwort auf diese Frage fand.

„Sie rufen wegen des Ohrs an, das dachte ich mir schon. Und ich habe Resultate. Wissen Sie, Herr Wachtmeister, wir sind auch am Wochenende nicht untätig. An jedem Wochentag sind wir präsent. Am Sonntag nur mit einer, an Werktagen natürlich mit mehreren Personen."

„Spannen Sie mich nicht auf die Folter, Frau Kohli, was ist mit dem Ohr?"

„Ja, Herr Heierle, wenn Sie mich jetzt ganz freundlich und nett bitten, erzähle ich Ihnen, was wir wissen. Andernfalls müssen Sie eben warten, bis wir unseren vorläufigen Bericht geschrieben und ins System geladen haben. Ich denke, das wird so gegen elf sein."

Sie hörte ein Schnauben, ein kurzes Husten, dann ein gepresstes „Liebe Frau Kohli, ich wäre Ihnen sehr dankbar und ich bitte Sie darum, mir die bis jetzt bekannten Ergebnisse der Untersuchungen am Ohr aus Biswil mitzuteilen."

„Geht ja, also … das Ohr stammt von einem Menschen. Wir gehen davon aus, dass es, bevor es ins Ablaufwasser der Dusche kam, einige Zeit in Alkohol gelegen hat. Weiter meinen wir, dass es von einer älteren Person stammt. Noch am Samstag ging eine Probe davon zum DNA-Test. Heute Nachmittag wissen wir mehr. Sind Sie nun zufrieden, Herr Kollege?"

Das werde ich Ihnen nie vergessen, besonders die Art und Weise, wie Sie mich genötigt haben, nett zu Ihnen zu sein. Danke, Ende."

„Unverbesserlicher Flegel", murmelte sie, als sie den Hörer auflegte und zurück an ihre Arbeit ging.

Flink und fehlerfrei tippte Dolores den Bericht in ihren PC. Im Stillen beneidete Heierle sie um dieses Talent. In jungen Jahren hatte er es nicht für notwendig erachtet, ein halbes Jahr lang einen Abendkurs zu besuchen und sich das Zehnfingersystem anzueignen. Mit den Jahren ging es auch ohne recht schnell. Seine Zeigefinger fanden die Tasten rasch und es gelang ihm, seine Rapporte in überschaubarer Zeit zu schreiben. Aber er war eben doch nicht so schnell wie die jüngeren Kollegen und Kolleginnen.

„Ich habe Neuigkeiten, die wir anhängen können", informierte er Dolores. „Gib, was ich gerade erfahren habe, als vorläufig übermittelte Ergebnisse des Labors ein."

Kurz vor acht lag der Rapport als Ausdruck vor und war im System verfügbar. Heierle wählte die Nummer seines Chefs, um ihn darauf aufmerksam zu machen. Leider war der nicht erreichbar.

Kurz vor Mittag kam die interne Mail mit den Ergebnissen der DNA-Probe.

- Das Ohr stammt von einer etwa fünfundachtzig Jahre alten Frau.

- Es wurde erst nach deren Tod abgeschnitten.

- Tatwerkzeug war ein scharfes Messer

- Es lag lange Zeit in Alkohol, weshalb der Zeitpunkt des Todes der Frau nicht bestimmt werden kann.

- in keiner Datei konnte übereinstimmende DNA gefunden werden.

Ein Meeting mit kleiner Besetzung war für drei Uhr nachmittags angesetzt. Anwesend waren der Chef, der Fahnder Albert Moser, Heierle und als Protokollführerin Dolores.

Nach der Eröffnung war es an Heierle, die Faktenlage zusammenzufassen.

Was er vorschlage und was als nächste Schritte zu gehen seien, fragte der Chef.

Heierle meinte: „Ich denke, wir sollten den Nardo nochmals vorladen, durchleuchten und auch aus seinem Umfeld aus früheren Zeiten mehr über ihn in Erfahrung bringen. Hat er Verwandte in Italien, wo war er die letzten zehn Jahre in den Ferien? Hatte er beruflich Kontakt mit ausländischen Firmen? Naheliegend könnten Verbindungen zu Organisationen in Italien sein."

„Denkst du, Albert, das könnte uns weiterbringen?", fragte der Chef, der Moser seit der gemeinsamen Schulzeit kannte.

Moser entgegnete: „Eine Fährte, die zu Kriminellen aus Italien führen könnte, sehe ich nicht. Abgeschnittene Ohren als Warnung oder makabre Mitteilung sind Schauergeschichten, erfunden von Journalisten. Es muss, das sagt mir mein Bauchgefühl, eine andere Erklärung dafür geben. Ob eine kriminelle Tat dahintersteckt, das kann ich derzeit nicht erkennen, ich denke aber eher nicht."

„Das ist mir zu vage, woran denkst du genau?", fragte der Chef.

Moser dachte eine Weile nach, bevor er antwortete. „Wir müssen die Ermittlungen breiter angehen. Das Ganze könnte ein Jux sein. Jemand wollte dem Nardo einen Schreck einjagen und hat damit die Fahndung nach einem Phantom ausgelöst. Gibt es im Bekanntenkreis der Mieter jemanden, der Zutritt zu medizinischen Sammlungen hat? Wo überall werden menschliche Glieder in Alkohol aufbewahrt? Museen, Ausbildungsstätten, fehlt irgendwo ein Glas mit einem eingelegten Ohr? Viele Fragen, auf die wir keine Antworten haben. Auch wenn die Presse auf die Mafia-Schiene aufgesprungen ist, sollten wir uns nicht davon beeinflussen lassen."

Heierle begehrte auf: „Das liegt doch auf der Hand, stinkt meilenweit gegen den Wind. Wir sind auf dem richtigen Weg. Möglicherweise ist es nicht die Mafia; es könnte auch eine Gruppierung aus dem Osten sein, die bei Nardo ein Zeichen hinterlassen hat. Womöglich hat er bis zum letzten Freitag überhaupt nichts davon gewusst. Ich fresse einen Besen, wenn sich herausstellen sollte, dass es nicht so ist."

Der Chef entgegnete: „Ich teile deine Überlegungen, Albert, wir sollten uns nicht in irgendwas verrennen. Du nimmst dich mal der Leute um diesen Nardo an. Und du, Heierle, suchst mit deinem Team nach Orten, an denen menschliche Überreste in Alkohol aufbewahrt werden. Zuerst im Kanton, später können wir den Kreis erweitern. Unser Pressedienst wird heute Abend die Resultate des Labors bekannt geben. Vielleicht meldet sich schon darauf jemand, dem ein Ohr im Glas fehlt."

Er schloss die Sitzung und verließ mit Moser den Raum.

Wortlos ging Heierle zurück in sein Büro und schimpfte lautlos vor sich hin: Nach meinen Bauchgefühlen wurde nicht gefragt, die sind auch nicht relevant. Meine Meinung basiert schließlich auf Fakten, das ist Polizeiarbeit. Dass ich nicht lache. Mein Bauchgefühl ändert sich, je nachdem, was ich gegessen habe. Salat erzeugt Blähungen, nach Knoblauch weichen mir alle Menschen aus und wenn ich lange nichts zu futtern kriege, knurrt mein Bauch geradezu furchterregend. Ich gebe es zu, mir fehlen Vitamine. Zum Beispiel das Vitamin B, B wie Beziehungen. Nur weil Moser dieselbe Schulbank gedrückt hat wie der Chef, werden seine Ansichten anders gewichtet als die meinigen. Reg dich nicht auf, Heierle, sagte er zu sich. Noch sechs Monate und die können mir alle gestohlen bleiben.

Ohne auf eine Weisung von ihm zu warten, suchte Dolores im Internet nach möglichen Orten, an denen menschliche und tierische Organe konserviert wurden.

Mit einem unguten Gefühl im Magen fuhr Nardo am Morgen zur Arbeit. Seine Kollegen und der Chef würden ihn bis zum Gehtnichtmehr ausfragen. Sie würden wissen wollen, wie er an den Leichenteil gekommen war. Und andere Dinge, von denen er keine Ahnung hatte.

„Luigi, komm zu mir ins Büro", empfing ihn Bruno Frei, sein Chef, kaum dass er angekommen war.

Auch ihm konnte er nicht mehr berichten, als er selbst wusste. Nur dumm, dass es gerade ihn getroffen hatte. Hätte er eine andere Wohnung gemietet, wäre das vergangene Wochenende wie gewohnt in ruhigen Bahnen verlaufen, vielleicht mit einem Spaziergang mit Denise und einem Spiel am PC.

Doch der Chef beruhigte ihn. „Ich vertraue dir und denke, dass sich die Sache aufklären wird. Auf keinen Fall darf unsere Firma in Verruf kommen, so was hätte Folgen."

Während der Arbeit gelang es Luigi, seine Kollegen hinzuhalten. Die laute Kreissäge und die ebenso laute Hobelmaschine verursachten Geräusche, die keine Kommunikation untereinander zuließen. Erst um neun im Pausenraum ließen ihn die Kollegen nicht mehr in Ruhe. Jeder stellte Fragen, hatte irgendwo etwas gehört. Konnte nicht Gerüchte von Tatsachen trennen. Auf einem Zettel hatte Klaus die Fragen notiert, die ihm seine Frau diktiert hatte. Damit zog er den Hohn seiner Mitarbeiter auf sich. Er müsse wieder mal die

Neugier seiner Frau befriedigen und Fragen stellen, mit denen sie selbst nie an Luigi heranzutreten gewagt hätte.

Schon oft hatte Luigi den etwas beschränkten Klaus vor der Häme seiner Kollegen in Schutz genommen. Sich dafür eingesetzt, dass er nicht zum Ziel von Spott und Hohn geworden war. Dieses Mal war er froh, dass Klaus die Aufmerksamkeit auf sich lenkte.

Kurz vor Feierabend klingelte Luigis Handy.

„Moser, Kripo Aargau. Guten Abend, Herr Nardo."

Verdattert vom Anruf, den er den ganzen Tag über erwartet hatte, brachte er nur ein Hallo zustande.

„Es gibt im Zusammenhang mit dem Ohr in Ihrer Dusche noch einige Fragen, zu denen ich von Ihnen eine Antwort hören möchte. Morgen um neun Uhr erwarte ich Sie hier auf dem Hauptposten."

Vor lauter Schreck traute sich Luigi nicht, um einen anderen Termin zu bitten, und versicherte, dass er pünktlich dort sein werde.

„Dann bis morgen."

„Chef, ich haben eben eine Vorladung von einem Kriminalbeamten erhalten. Ich werde morgen erst gegen Mittag zur Arbeit erscheinen", informierte er kurz darauf Bruno Frei.

„Habe ich mir schon gedacht", erwiderte dieser. „Wenn die jemanden auf ihrem Kompass haben, wickeln sie ihn ein. Sag dem, der dich in die Mangel nehmen will, dass dein Chef es sich nicht erlauben kann, seine Kunden mit Verspätung zu beliefern. Er soll, sofern er dich nochmals sehen will, für den Abend vorladen. Und pass auf, was du denen sagst. Aus dem kleinsten, nebensächlichsten Ding drehen die dir einen Strick, selbst wenn es etwas ist, von dem du noch nie gehört hast. Bleib lieber stumm und sage, wenn du unsicher bist, dass du dich an nichts erinnerst."

Denise war vor ihm nach Hause gekommen, das Nachtessen dampfte auf dem Herd.

„Morgen muss ich nochmals vorsprechen, und das in Aarau. Wie kann man nur, ohne etwas damit zu tun zu haben, in eine solche Sache geraten? Und dann heißt es antraben, ganz gleich, ob es dir oder deiner Firma passt. Ich komme mir vor, als ob ich weiß Gott was verbrochen hätte."
Sie lächelte ihn aufmunternd an. „Setz dich und beruhige dich, das geht vorbei; sicher finden die bald eine Erklärung und wir haben wieder unsere Ruhe."

Dienstag

Im Lokalteil der Zeitung fand sich die Überschrift zu einem kurzen Artikel:

Ein Ohr gibt sein Geheimnis preis, die Polizei ermittelt noch immer.

Die Erkenntnisse des Labors bildeten die Grundlage zu dem Bericht. Außerdem enthielt der Text einen Aufruf an all jene, die, aus welchen Gründen auch immer, Körperteile in Alkohol konserviert aufbewahrten, sich zu melden. Diskretion werde zugesichert.

Die Nacht war lang, der Schlaf wollte Heierle nicht von seinen Gedanken erlösen. Und wenn er einnickte, träumte er von einem Ohr, groß wie ein Kohlblatt.

Kaum schlugen draußen die Amseln an, stand er auf, holte die Zeitung aus dem Briefkasten und vertiefte sich hinein.

„Was für Stümper", knurrte er. „Wenn die mich machen ließen, könnten sie eine Festnahme melden. So was hört das Volk gerne, so was bringt Vertrauen in die Polizei. Aber das hier untergräbt die Achtung für unsere Arbeit. Amateure."

Nach dem ersten Kaffee im Büro rief er Dolores zu sich.

„Gibt es im Kanton Sammlungen von konservierten Menschenteilen?"

„Ich habe von einem ehemaligen Schüler gehört, dass es in der alten Kantonsschule eine Sammlung gegeben habe. Darin seien Vögel, Schlangen und andere Reptilien, kleine oder junge Säuger in Alkohol aufbewahrt worden. Im Rahmen des Biologieunterrichts seien sie ein einziges Mal in diesem Raum gewesen. Er habe schon damals das Gefühl gehabt, dass diese Sammlung das Hobby des Lehrers sei. Menschliche Teile habe er nicht gesehen."

„Dann besuchen wir den Betreuer dieses sonderbaren Archivs."

Dolores nickte. „Ich warte bis neun und frage erst mal nach, ob es das noch gibt."

Nardo hatte sich verfahren und traf zwei Minuten zu spät im Telli ein, wohin ihn Moser bestellt hatte. In der Eile stolperte er beinah über die Türschwelle. Bevor er sich beim Empfang melden konnte, lief ihm Heierle über den Weg. Der war überrascht, die aus seiner Sicht hauptverdächtige Person hier zu treffen. „Wohin wollen Sie, Herr Nardo?", erkundigte er sich.

„Ich habe eine Vorladung von Herrn Moser erhalten und bin zwei Minuten zu spät. Der Verkehr, wissen Sie, außerdem kenne ich mich in dieser Gegend nicht aus und am Morgen sind die Straßen nach Aarau verstopft. Entschuldigen Sie meine Verspätung."

„Ist nicht meine Sache, sagen Sie das dem Moser." Damit wandte Heierle sich ab und ließ den verdatterten Nardo stehen.

Während der sich am Empfang meldete, beschwerte sich Heierle von seinem Büro aus bei Moser. Weshalb er wieder einmal nicht informiert worden sei, wollte er wissen.

„Worüber wurdest du nicht informiert?"

„Vorhin lief mir der Hauptverdächtige im Fall Biswil über den Weg. Von ihm erfahre ich, dass er heute von dir in die Zange genommen werden soll. Und mich lasst ihr im Ungewissen."

„Reg dich ab, Heierle, noch gestern Abend habe ich eine interne Mail an alle in den Fall Biswil Involvierten verschickt und sie über die heutige Befragung informiert."

„Ich habe doch keine Zeit, dauernd in diesen Bildschirm zu gaffen und nach Meldungen zu suchen", ereiferte sich Heierle. „Dann hätte ich gerne den Bericht dieser Einvernahme, Ende."

„Keine Einvernahme, es ist nur eine Befragung, dies zur Richtigstellung", lautete die Antwort.

Nun wusste Moser, dass Nardo im Haus war, und ging zum Empfang, um ihn abzuholen.

„Da sind Sie ja, Herr Moser", rief ihm die Frau am Empfang zu, „ich habe versucht, Sie zu erreichen, Ihr Telefon war besetzt."

Moser reichte Nardo die Hand und führte ihn in einen Vernehmungsraum. Unterwegs schaute er bei Lisa Früh herein. „Lisa, bist du bereit zum Mitschreiben?"

„Ich komme, möchtest du einen Kaffee? Und Herr Nardo, möchten Sie auch etwas trinken? Kaffee, Tee, Wasser, mehr kann ich nicht bieten."

Nardo, überrascht von der freundlichen Stimmung, die herrschte, bat um ein Glas Wasser.

Nachdem alle am Tisch saßen, eröffnete Moser die Befragung. Er stellte sich mit Namen und mit seiner Funktion vor.

Zuerst fragte er Luigi nochmals nach dessen Personalien. Dann erklärte er ihm, dass bei diesem Fall noch vieles ungeklärt sei und er deshalb erneut als Zeuge befragt werde.

Nach einer halben Stunde wusste er alles über den Verunsicherten.
Wie seine Eltern lebten, seine Konfession, die nicht etwa römisch-katholisch, wie er angenommen hatte, sondern protestantisch war. Dass es seine Mutter gewesen war, die es damals durchgesetzt hatte, dass seine Eltern nach ihrem Glaubensbekenntnis geheiratet hatten und er und sein Bruder dementsprechend erzogen wurden. Er kannte die Schule, die Namen der Lehrer, die Freizeitbeschäftigungen und Hobbys des Zeugen. Wusste, wo und in welcher Waffengattung Nardo seinen Militärdienst absolviert hatte usw. Dessen Biografie war für ihn gläsern geworden. Auch über seine Frau wurde er befragt. Soweit Nardo die Einzelheiten kannte, konnte er auch über ihre Jugend und Familienverhältnisse Auskunft geben.

Am Ende bekam er das von Lisa geschriebene Protokoll zu lesen und konnte die korrekte Wiedergabe seiner Aussagen bestätigen.

Sollten sich neue Fragen ergeben, werde er sich nochmals bei ihm melden, gab ihm Moser beim Abschied mit auf den Weg.

Um kurz nach zehn stand Luigi in der Werkstatt und hatte das Gefühl, dass die Polizei um ihn herum einen riesigen und unnötigen Aufwand betrieb

Mittwoch

Rückfragen bei der Kantonsschule hatten ergeben, dass die Sammlung von in Alkohol liegenden Präparaten noch bestand. Verstaubt in einem Dachzimmer, zu dem sich seit Jahren niemand begeben hatte. Das Zimmer sei abgeschlossen und nur der Hausmeister im Besitz eines Schlüssels. Menschliche Körperteile seien dort nie aufbewahrt worden. Wie auch in anderen vergleichbaren Sammlungen sei das Ausstellen und Konservieren von menschlichen Organen nicht gestattet. Der Rektor persönlich werde sich unters Dach begeben und nachschauen, ob irgendwas verändert worden sei. Heierle entschied, vorläufig keine weiteren Nachforschungen in dieser Richtung zu betreiben.

Die Message der Mail von B. Langenegger, CEO der Immogiardino, an Frau Böhm war kurz und klar. Ohne Ansprache und Gruß. Sie hatte bereits am Nachmittag in der Zentrale in Zug als Auskunftsperson zur Verfügung zu stehen.

Ihr Bericht vom Montag zur Sache Paradies in Biswil hatte mehr Fragen als Antworten zutage gefördert. Und heute hatte sie auch keine neuen Erkenntnisse. Ihr Anruf beim Wachtmeister, von dem sie wusste, dass er am Freitag vor Ort war, endete schlicht deprimierend.

So aufgebracht, wie Heierle darüber war, dass es jemandem einfiel, ihn nach dem Stand der Ermittlungen zu fragen, fielen seine Antworten kurz und unfreundlich aus. Es sei nicht üblich, dass die Polizei Auskünfte zu einem laufenden Verfahren gebe. Es sei, und das sage er ihr im Vertrauen, Aufgabe der Vermieter von Wohnungen, die künftigen Bewohner vor Ausstellung des Mietvertrags gründlich auf Seriosität zu prüfen.

In ihrer schwarzen Ledermappe hatte sie das Dossier Nardo und die beiden Zeitungen, in denen die Artikel zum Vorfall erschienen waren.

Im vierzehnten Stockwerk des Hochhauses, mit Sicht über den Zuger See, saßen nebeneinander der CEO und der Firmenjurist. Frau Böhm wurde von Langeneggers persönlicher Sekretärin ein Platz auf der gegenüberliegenden Seite des Tisches zugewiesen.

Was gibt es Neues im Fall Nardo? Ich will alles, was da falsch gelaufen ist, in Erfahrung bringen."

Frau Böhm legte das Dossier mit dem Mietvertrag, dem zwei Seiten langen Fragebogen mit allen Angaben des Mieters und allen sonstigen Unterlagen auf den Tisch. Darunter auch einen Auszug aus dem Betreibungsregister und den Beleg des Bezirksstatthalters mit der Bestätigung, dass es über den Bewerber weder gültige noch gelöschte Einträge über verhängte Strafen gebe. Auch von dem ermittelnden Polizisten in Aarau habe sie nichts Neues in Erfahrung bringen können, erklärte sie.

Der sei ihr im Übrigen sehr grantig vorbeigekommen, als sie ihn zum Stand der Ermittlungen befragt habe.

Langenegger resümierte, die Angelegenheit sei mehr als unangenehm und geschäftsschädigend. Ausgerechnet bei dieser Überbauung gebe es Probleme. Der Wurm stecke seit dem Landerwerb in diesem Projekt. Erst habe ein Schüler einen Frosch gefunden, der auf der Suche nach einem Laichplatz durch das Grundstück gehüpft war. Ein gefundenes Fressen für den Lehrer, dem er den gefangenen Frosch in die Schule gebracht hatte. Tierschützer drohten, ein Gutachten über die Anzahl der Frösche, die jeweils im Frühjahr auf dem Weg zum Dorfweiher das Grundstück durchquerten, erstellen zu lassen. Das sei allerdings erst im kommenden Frühjahr wieder möglich. Bis dahin müsse die Bautätigkeit warten. Erst als namhafte Beträge an verschiedene Organisationen geflossen seien, habe eine Verzögerung der Baugenehmigung vermieden werden können. Dann das Debakel mit dem Baugrund. Unglücklicherweise habe man aus Kostengründen vor dem Ausheben der Baugrube auf ein geologisches Gutachten verzichtet. Man hatte geglaubt, auf Erfahrungen aus der Nachbargemeinde zurückgreifen zu können, was die Geologie des Geländes anging. Mit den Folgen, dass schlussendlich über tausend Pfähle zur Stabilisierung des Untergrunds eingeschlagen werden mussten.

Und nun das, von den wenigen Interessenten hätten in den vergangenen Tagen alle bis auf einen ihr Mietgesuch mit meist fadenscheinigen Begründungen zurückgezogen. Nur einer habe ihnen unverblümt mitgeteilt, dass er nicht in einem Haus wohnen wolle, in dem Leichenteile gefunden wurden.

Langenegger wandte sich an den Juristen: „Der Regierungsrat, der im Aargau unter anderem auch der Polizei vorsteht, ist doch ein Studienfreund von Ihnen. Hängen Sie sich an ihn dran, der soll seinen Beamten Beine machen und ihnen klarmachen, dass wir ein Recht haben, über den Verlauf der Ermittlungen informiert zu werden."

„Ich kann es versuchen", sagte der Jurist und griff nach seinem Handy, auf dem er die private Nummer des Regierungsrates gespeichert hatte.

„Das ist ein Glücksfall, dass ich dich auf Anhieb erreiche", begrüßte er seinen ehemaligen Studienkollegen. Nach ein wenig Small Talk über die Familie und das letzte Fußballspiel, bei dem sie sich im VIP-Salon getroffen hatten, meinte der Regierungsrat, der Anruf sei sicher nicht des Spiels wegen erfolgt, und er fragte, was der wirkliche Grund für einen Anruf zu dieser Tageszeit sei.

„Es geht um das Unternehmen, das ich juristisch berate", erklärte der Jurist. „Da ist eine unangenehme Sache am Laufen. Sicher hast du von dem Ohr gehört, das in einer Wohnung in Biswil gefunden wurde. Die Wohnung gehört der Gesellschaft, für die ich tätig bin. Der Fall beschäftigt die Unternehmensleitung, und die sieht sich außerstande zu entscheiden, wie es weitergehen soll, solange nicht bekannt ist, was die Ermittlungen der Polizei ergeben haben. Leider erhalten die Verantwortlichen der Immogiardino und die Mitarbeiterin vor Ort keine Auskünfte zum Fall. Es wäre der Sache dienlich, wenn du bei der entsprechenden Stelle ein gutes Wort einlegen könntest, um die Leute etwas auskunftsfreudiger zu machen."

Der CEO und Frau Böhm sahen an der aufsteigenden Röte im Gesicht des Juristen, dass er in ein Hornissennest getreten war. Kurz darauf wurde das Gespräch mit einem gestotterten „Auf ein nächstes Mal" beendet.

Nach einer für jene, die ihn kannten, langen Schweigephase schnappte er nach Luft. „Da habe ich meiner Freundschaft keinen guten Dienst erwiesen. Der fühlte sich gekränkt, er wurde ziemlich direkt und vergaß vollkommen die diplomatische Gesprächskultur, die ihn für gewöhnlich auszeichnet. Sagte, es gehe nicht an, von einem Exekutiv-Mitglied zu verlangen, es solle sich in operative Geschäfte seines Departements einmischen. Im Aargau tue man so etwas nicht. Wenn das im Kanton Zug anders sei, so sei das deren Problem."

Langenegger seufzte. „Da haben Sie uns ja ein dickes Ei gelegt; sollte es jemals zu einem Rechtsstreit im Aargau kommen, werde ich Sie sicher nicht engagieren können."

Frau Böhm fragte sich, was nun mit dem Paradies geschehen solle. Ein Streit in der Management-Etage würde ihr nicht helfen; eher bestand die Gefahr, dass sie zwischen Hammer und Amboss zerrieben würde.

Langenegger wandte sich erneut an den Juristen. „Dieser Nardo erscheint mir suspekt, ich halte es für das Beste, ihn aus der Wohnung zu werfen. Der soll raus. Bis morgen erwarte ich ein begründetes Kündigungsschreiben zur Unterschrift auf meinem Schreibtisch. Auch wenn das auf einer dünnen rechtlichen Grundlage erfolgt, der Nardo wird sich nach diesem Vorfall kaum dagegen wehren. Frau Böhm, Sie setzen sich mit den Werbern zusammen. Ich schlage vor, dass wir für die Wohnungen im Paradies ab sofort eine Mietfreiheit von sechs Monaten gewähren. Es ist besser, ein halbes Jahr auf die Einnahmen zu verzichten, als am Ende ohne Mieter dazustehen. Von meiner Seite ist die Sitzung beendet."

Er erhob sich und verließ wortlos den Raum.

Freitag

In den Briefkästen der Adressaten lagen am Dienstag Ansichtskarten vom Bergrestaurant *Hintere Wasserfallen*. Im Text verklausuliert verbarg sich die Anweisung, sich am kommenden Freitag um die Mittagszeit dort einzufinden. Ein jeder wusste, welchen Weg er dorthin nehmen musste. Salvatore, der Älteste, würde die Gondelbahn ab der Talstation in Reigoldswil benutzen und nach dort mit dem Postauto anreisen. Arto hatte mit der Schmalspurbahn nach Waldenburg zu fahren und von dort zu Fuß zur Waldweide und weiter zum Zielort zu gehen. Auf der Karte an Jo, der eigentlich Giovanni hieß und von seinem Deutschschweizer Vater den Familienname Holdener geerbt hatte, gab es einen weiteren Befehl. Er sollte als Angehöriger der Basler Stadtpolizei an seinem Arbeitsplatz feststellen, ob es im Polizeicomputer Einträge zur Person Luigi Nardo gab. Anschließend sollte er mit seinem Auto nach Langenbruck fahren, dort parken und über den Chellenberg zum Bergrestaurant wandern.

Mit seinem Hund an der Leine wanderte Santori vom Passwang her zu dem Treffen.

Die dunklen Wolken und der steife Wind hatten andere Wanderer und Ausflügler an diesem Freitag dazu gebracht, ihre Pläne aufzugeben.

Nach und nach trafen die vom Aufstieg verschwitzten Männer ein. Ihre richtigen Namen waren nur Santori bekannt. Sie kannten sich untereinander mit unverfänglichen Vornamen und redeten Schweizer Dialekte.

Der Tisch am Fenster bot einen guten Überblick über das ansonsten leere Restaurant.

„Noch vor einer halben Stunde habe ich mir überlegt zu schließen", erklärte der Wirt. „Es ist kein Wanderwetter, das haben sie schon gestern im Fernsehen gesagt."

„Gibt es trotzdem etwas zu essen?", fragte Santori.

„Ich habe eine feine Fleischsuppe, Siedfleisch und Sauerkraut zu bieten. Sonst nur Kaltes."

Die Männer beratschlagten leise und bestellten schließlich alle das vorgeschlagene Menü, dazu eine Flasche roten Hallauer und eine Karaffe Hahnenburger.

Kaum war der Wirt in der Küche verschwunden, begann Santori.

„Es gibt nicht viel zu besprechen, ihr habt von dem Ohr gehört, das anscheinend bei einem Mann gefunden wurde. Kennt man diesen Mann bei der Polizei?"

Jo schüttelte den Kopf. „Nein, ich habe alle möglichen Verzeichnisse durchgekämmt. Außer den üblichen Einträgen in den öffentlichen Registern gibt es nichts. Sein Name ist echt. Er ist in der Schweiz geboren, sein Großvater wanderte vor sechzig Jahren aus Kalabrien ein. Seine Frau stammt aus einer von jeher einheimischer Familie. Von Beruf ist er Schreiner, vor etwas über einem Monat hat er, zusammen mit seiner Frau, die Neubauwohnung bezogen. Zuvor wohnten sie in einer kleinen Wohnung, zwei Dörfer vom jetzigen Ort entfernt."

„Wer könnte ihm das abgeschnittene Ohr geschickt haben? Das ist doch sicher eine Warnung. Und wer benutzt abgeschnittene Körperteile, um Menschen gefügig zu machen?" Salvatore, der in der Runde als Toni bekannt war, räusperte sich. „Meines Wissens tun so was Leute aus unserer schönen Heimat nicht. Ich tippe eher auf Russen, Jugos oder Rumänen. Nardo könnte aus Gründen, die uns nicht bekannt sind, bei jemandem in der Schuld stehen. Finanziell oder was anderes. Auch Erpressung wäre möglich. Zum Beispiel könnte er über gewisse Kenntnisse verfügen, wo es etwas zu holen gibt."

Santori hüstelte, schielte zur Küchentür und begann übergangslos von seinen Ferien im Wallis zu erzählen. Davon, wie er sich darüber geärgert hatte, dass er seinen Hund nicht in ein Restaurant hatte mitnehmen dürfen.

„Wie ist das bei Ihnen?", fragte er den Wirt, der Suppenteller und Besteck brachte und auftischte.

„Wir sind ein Bergrestaurant, da muss man Hunde gestatten. Die Hälfte unserer Gäste würden sonst wegbleiben. Es kommt schon mal vor, dass es wegen der Tiere zu Konflikten kommt. Für solche Fälle bieten wir hinter dem Haus Verschläge an. Dort erhalten die Hunde auch Wasser. Sie kommen schließlich auch zu Fuß zu uns und sind deshalb froh, sich zur Erholung zurückziehen zu können."

„Da sind Sie vorbildlich, Berufskollegen könnten was von Ihnen lernen."

„Danke, gleich kommen Suppe und Brot."

„Vergessen Sie unseren Wein nicht."

„Den habe ich glatt vergessen, üblicherweise serviert meine Frau, doch heute hat sie sich frei genommen. Entschuldigen Sie."

In einer großen Schüssel brachte er die Suppe an den Tisch. „Ich bringe Ihnen gleich eine Kelle, dann können Sie sich selbst bedienen."

Während sie schöpften, kamen das Brot, die Gläser und der Wein. Als Letztes die Karaffe mit Leitungswasser.

Als wären sie nicht vom Wirt unterbrochen worden, nahmen sie ihr eigentliches Gespräch wieder auf.

Arto, der hier als Heinz bekannt war, sagte: „Ich schließe mich Tonis Meinung an, was die Bedeutung des Ohrs angeht. Wir können uns nicht darauf verlassen, dass ein harmloser Grund hinter alledem steckt. Niemand soll unsere Kreise stören. Wer dem Nardo, weshalb auch immer, ein Zeichen gesetzt hat, der ist in unserem Revier tätig oder versucht sich darin festzusetzen. Wir sollten dringend handeln, besser einmal übers Ziel hinausschießen, als Schwäche zeigen. Die sollen wissen, dass wir mit harter Hand auf Provokationen reagieren. Was würde es uns bringen, eigene Nachforschungen anzustellen. Wir dürfen nicht das Risiko eingehen, am Ende selbst in den Fokus der Ermittlungen zu geraten. Ich bin für Daumen nach unten."

„Schmeckt's?", rief der Wirt vom Tresen aus durch das Lokal. „Der Rest kommt in zehn Minuten."

„Nur keine Eile, wir genießen Ihre Suppe."

Santori stimmte seinem Vorredner zu. „Ich teile die Meinung von Heinz, zu viel Federlesens bringt nichts. Ein starkes Signal schon. Wenn niemand etwas Neues zu sagen hat, beenden wir das Thema. Bevor wir auseinandergehen, gibt mir jeder von euch das

Zeichen. Ich sorge dann dafür, dass unser Entschluss der richtigen Stelle bekannt wird und Maßnahmen getroffen werden."

Alle nickten. Santori begann von seinen aktuellen Ferienplänen zu berichten. Eine unverfängliche Diskussion entwickelte sich. Man redete über Gott und die Welt. Nur die eigene Familie wurde nicht erwähnt, Santori kannte als Einziger die Wohnorte und Lebensumstände der anderen.

Nach dem Essen gönnte sich jeder einen Espresso.

Sie bezahlten getrennt, einer lobte den Wirt für das vorzügliche Essen. Santori übernahm die Getränke.

Etwas abseits des Gebäudes verabschiedeten sie sich. Alle bogen beim Händeschütteln ihren Mittelfinger nach innen. Santori wusste Bescheid, das Urteil war einstimmig.

So wie sie angereist waren, kehrten sie zurück. Einsame Wanderer im zwischenzeitlich aufgezogenen Nebel.

Tags darauf verschickte Santori ein Schreiben an eine kleine Autowerkstatt in der Nähe Neapels. Darin beschwerte er sich im Namen eines Kunden über die mangelhafte Reparatur seines Wagens nach einem Unfall im Urlaub. Verklausuliert enthielt der Text den Auftrag, Nardo zu eliminieren.

Seine Vorgesetzten waren damit über den Fall informiert und zum Handeln aufgefordert.

Samstag

Im Haus Nr. 1, demjenigen, in dem Nardos wohnten, bezog ein Mieter die oberste Wohnung. Am Nachmittag, als die

Umzugsmänner ihren Teil der Arbeit beendet hatten und weggefahren waren, klingelte es an der Wohnungstür. Luigi öffnete, vor ihm stand ein Riese von einem Mann.

„Guten Tag, Herrn Nardo", grüßte er mit einer hohen Stimme, die nicht zu seinem massigen Körper passte. „Mein Name ist Berger, ich habe die Wohnung gleich unterhalb der Attika gemietet."

Luigi stellte sich vor, rief Denise aus dem Wohnzimmer, wohin sie sich mit einer Zeitschrift für Mutter und Kind zurückgezogen hatte. „Denise, das ist Herr Berger, der soeben eingezogen ist."

Sie begrüßte ihn freundlich. „Kommen Sie rein, Sie mögen nach all dem Umzugsstress sicher einen frischen Kaffee."

Berger trat ein, bedankte sich und ließ sich in der Küche an den Tisch führen.

„Ich bin neu in der Gegend und kenne mich noch nicht aus. Meine Frau wird erst in einem Monat nachkommen, weil sie sich bei einem dummen Missgeschick den Fuß gebrochen hat und im Spital liegt."

„Na ja, dann haben Sie sicher genug zu tun mit dem Einräumen Ihrer Schränke, viel Vergnügen", entgegnete Luigi.

Da mache er sich keine großen Sorgen, erklärte der neue Nachbar. Seine neue Stelle im Wynental trete er erst in einem Monat an, und so sei er beschäftigt und werde sicher fertig sein, bis er seine Frau abholen könne. Ein Anliegen habe er jedoch: In der Zeitung habe er diesen Artikel mit dem gefundenen Ohr im Ablauf der Dusche gelesen. So wie es beschrieben war, müsse das in einer Wohnung in dieser Überbauung gewesen sein.

Luigi und Denise schauten einander an.

„Ja, so ist es", begann Denise, „es war in unserer Dusche, das Wasser lief von Anfang an schlecht ab. Und als die Vermieterin jemanden schickte, um nachzuschauen, woran das liegen könnte, kam das Ohr zum Vorschein. Wir haben keine Ahnung, woher das Ding kommt oder zu wem es gehört. Aber die Sache hat uns ordentlich Ärger eingebracht. Da sind wir noch nicht durch."

Das tue ihm leid und er hoffe, dass in diesem Haus nicht noch mehr grausige Dinge versteckt seien, sagte Berger. Damit verabschiedete er sich und wünschte einen schönen Abend.

Die beiden Zurückgebliebenen umarmten sich, Denise liefen Tränen übers Gesicht. „Wären wir doch nie hierhergezogen. Die Wohnung hat uns nur Unglück gebracht", schluchzte sie. Luigi fand keine Worte des Trostes.

Sonntag

Der Hype, den die Zeitung eine Woche zuvor ausgelöst hatte, war abgeklungen. Am Stammtisch im Sternen saßen nur diejenigen, die dort regelmäßig ihr Sonntagsbier genossen. Von der Sache mit dem Ohr hatte niemand etwas Neues gehört. Andere Ereignisse überwogen im Interesse.

Montag

Denise wollte zum Einkaufen aus dem Haus, als ihr der Briefträger entgegenkam. „Ich habe ein Einschreiben für Sie. Gut, dass ich Sie treffe, sonst hätten Sie den Brief morgen auf der Post im Nachbardorf abholen müssen. Die hiesige Poststelle wurde vor einem Jahr geschlossen, sie rentierte nicht."

Denise unterschrieb die Empfangsbestätigung, die der Mann abriss und einsteckte.

Absender war die Immogiardino in Zug.

Flugs machte sie kehrt und ging zurück ins Haus. Neugierig öffnete sie mit einem Messer aus der Küche das Kuvert.

Kündigung Ihrer Wohnung. Das Schreiben bestand aus wenigen Worten und enthielt eine unverständliche Begründung, weshalb das Mietverhältnis gekündigt sei und sie die Wohnung innerhalb von drei Monaten zu verlassen hätten.

Ihre Augen trübten sich, Tränen benetzten das Papier.

Sie setzte sich hin, überwältigt von einer plötzlichen Traurigkeit. Dann legte sie den Brief auf den Tisch und begab sich ins Bad, wo sie ihr Make-up in Ordnung brachte. Nur nicht aufregen, jetzt ruhig bleiben, alles andere konnte ihrem Kind schaden. Es sollte nicht spüren, wie sie geplagt wurden. Sie mussten jetzt vorwärtsschauen, eine Lösung würde sich ergeben.

Zuerst wollte sie Luigi anrufen, doch dann besann sie sich. Sie wollte ihn nicht bei der Arbeit stören.

Heierle las am Bildschirm das Befragungsprotokoll, das Moser ins System gestellt hatte. Er suchte nach Schwachstellen, nach Unstimmigkeiten und fand keine.

Das beweist nicht die Unschuld des Herrn Nardo, überlegte er. Mein Gefühl sagt mir das Gegenteil. Die sind nicht blöd, die sind clever. Die schicken kein Verbrechergesicht, keinen, der in allen

Fahndungsbüchern steht. Eine Unschuld vom Land, jemand, der noch nie mit uns zu tun hatte, macht die Drecksarbeiten.

Es gibt einen Hinweis, den der schlaue Moser übersehen hat. In seiner Jugendzeit war Nardo zweimal mit seinen Eltern in Kalabrien. Hat dort die Ferien verbracht. Zweimal. Da könnte er sich mit einem gleichaltrigen Jungen, der später zum Verbrecher wurde, angefreundet haben. Eine Möglichkeit, der vertieft nachgegangen werden müsste. In einer Rundmail an alle, die sich auf dem Verteiler des Protokolls befanden, ließ er die anderen an seinen Zweifeln teilhaben.

Eine Stunde später begegnete er im Flur seinem Vorgesetzten, der ihn sogleich auf den Inhalt der Nachricht ansprach: „Heierle, es ist ja gut, wenn Kollegen mitdenken, dabei sollten sie jedoch nicht die Bodenhaftung verlieren, Fantastereien helfen uns nicht weiter."

Zwei Wochen später

Ein sonniger Sonntag hatte sich angekündigt. Der Wetterbericht warnte vor starken Gewittern gegen Abend. Luigi und Denise kamen überein, am Nachmittag die über neunzigjährige Großmutter im Surental zu besuchen. Auf dem Weg zu ihr besorgte Luigi im Nachbardorf Cremeschnitten, die liebste Süßspeise der alten Frau. Auf der kurvigen Strecke über den Böhler Übergang wurden sie laufend von Motorrädern überholt. Nichts Ungewöhnliches an einem schönen Wochenende.

Mit den Cremeschnitten hatte Luigi einen Treffer gelandet. Die Großmutter ließ es sich nicht nehmen, den Kaffee dazu selbst zu brauen. Ihre Gespräche drehten sich um Denise Schwangerschaft, von der die alte Dame bisher nichts gewusst hatte. Umso mehr freute sie sich, dass sie bald Urgroßmutter werden sollte. Von der Aufregung um das Ohr erzählten die Nardos ihr nichts. Auch nicht von der Kündigung ihrer Wohnung.

Nach einem kurzen Spaziergang legte sich die Großmutter ein wenig hin. Luigi und Denise verabschiedeten sich.

Von Westen her waren Wolken aufgezogen. Hohe Türme wie aus Watte leuchteten im Sonnenlicht. „Da kommt noch was. Wenn wir Glück haben, kommen wir noch knapp vor dem Gewitter nach Hause", sagte Luigi, während Denise, ermüdet vom Besuch, die Sitzlehne des Beifahrersitzes nach hinten kippte.

Auch die Motorradfahrer schienen noch vor dem sich ankündigenden Unwetter nach Hause kommen zu wollen.

Vor dem Ortseingang von Kulm bog Luigi in eine Nebenstraße ein. „Wir fahren hintenrum, auf der Hauptstraße des Wynentals sind auf jedem Kilometer mindestens drei Baustellen. Die umfahren wir locker", erklärte er Denise, als sie nach dem Grund für die Fahrt auf der engen Straße fragte.

Denselben Gedanken schien der Motorradfahrer gehabt zu haben, den Luigi schon auf der Hinfahrt im Rückspiegel gesehen hatte. „Auch einer, der sich auskennt, der fährt vorsichtig, hat ja auch einen Begleiter auf dem Beifahrersitz."

Aus den weißen Kumuli waren tiefschwarze Gewitterwolken geworden. Luigi drehte auf Volllicht, er wollte gesehen werden in der Dunkelheit. Die enge Nebenstraße erlaubte es dem Motorrad nicht, zu überholen, es fuhr weiter hinter dem PKW. Allerdings erschien Luigi der Abstand geradezu gefährlich klein, eine Vollbremsung würde fatale Folgen haben. Er konzentrierte sich auf die Straße, in dem Wissen, dass er sich dem unbewachten Bahnübergang vor Biswil näherte.

Auf den Blitz, der das Gelände vor ihm taghell erleuchtete, erfolgte fast gleichzeitig ein krachender Donnerschlag. Wie aus Eimern schüttete es vom Himmel. Luigi stoppte. Durch die Gischt sah er den Zug von der linken Seite heranfahren. Ein weiterer Blitz schlug in die Fahrleitung und löste einen Funkenregen aus. In der Bahn erloschen die Lichter. Von alldem überrascht, das Helmvisier vom Regen blind, konnte der Motorradfahrer ein Auffahren auf den unerwartet bremsenden Wagen nur durch Ausweichen vermeiden. Abgelenkt vom Manöver übersah er den herannahenden Zug und prallte mit voller Wucht in den Triebwagen. Der Fahrer schlug hart an der Seite auf und prallte als Toter auf die Straße zurück. Der Beifahrer blieb auf dem Schotter der Geleise liegen. Auch sein Herz stand still, bevor sich jemand um ihn kümmern konnte.

Ein Blitz nach dem anderen erhellte die Szene, krachende Donnerschläge ließen die wenigen Leute im Zug zusammenfahren. Eine junge Frau, die sich zum Aussteigen an der nächsten Station bereit gemacht hatte und an der Tür stand, war zu Boden geschleudert worden, wo sie liegen blieb. Ihr rechter Ellbogen schmerzte, aus ihrer Nase floss Blut.

Es dauerte einige Minuten, bis sich der Zugführer vom Schreck so weit erholt hatte, dass er in der Lage war, die Situation zu analysieren. Der Strom war weg, die Verbindung zur Zentrale unterbrochen. Ausgerechnet heute hatte er vergessen, sein Handy mitzunehmen. Blitz und Donner hin oder her, er musste nach draußen, um sich die Sache näher anzusehen. Die Ursache des Schlags auf der Seite der Führerkabine zu erkunden.

Draußen kam das einzige Licht von Luigis Auto. Denise, die neben ihm saß, stand nach dem Erlebten unter Schock. Luigi schüttelte sie vergeblich, sie war überhaupt nicht ansprechbar. Verzweifelt suchte er sein Handy und rief die 144 an. Dort wusste man bereits von dem Unglück, ein Zugpassagier war ihm zuvorgekommen. „Meine schwangere Frau hat einen Schock erlitten, wir befinden uns in dem Auto, das hinter dem Zug steht. Helfer müssen um den Zug herum, sagen Sie denen, dass eine Frau Hilfe braucht." Die Dame am andern Ende versuchte ihn zu beruhigen und versprach seinen Hilferuf weiterzuleiten.

Gleich neben den Geleisen fand der Zugführer den ersten am Boden Liegenden, weiter weg eine verkrümmte zweite Person im schwarzen Lederanzug. Dass da nichts mehr zu helfen war, schien ihm klar. Aus der Ferne näherte sich Sirenenklang. Erst jetzt erinnerte er sich an seine Passagiere im Zug. Er stieg in den Führerstand und öffnete von dort die Tür zum Passagierraum. Eine Frau lag stöhnend am Boden, vier weitere Reisende warteten stumm in ihren Abteilen auf das, was als Nächstes kommen würde. Einer gestikulierte wild mit seinem Handy. Er hatte Fotos geschossen, von der Frau am Boden, aus dem Fenster – und war nun dabei, diese Bilder als Leserreporter an ein Onlineportal zu senden. „Was fehlt Ihnen, können Sie sprechen, wo schmerzt es?", fragte der Zugführer die Verletzte.

„Am Ellbogen und am Kopf, ich versuchte aufzustehen, aber niemand hilft mir. Der Idiot mit dem Mobiltelefon machte Bilder von mir, wie ich hier liege. Er hätte mir helfen können, aufzustehen, wollte jedoch nicht."

„Versuchen Sie sich aufzusetzen, ich helfe Ihnen", sagte der Zugführer, griff ihr von hinten unter die Arme und half ihr auf. „Warten Sie hier, eine Ambulanz ist unterwegs."

Den eifrigen Reporter wies er an, keine Bilder mehr zu machen, das gehöre sich nicht. Ein süffisantes Lächeln war die Antwort.

Ein erster Streifenwagen hielt auf der schmalen Zufahrtsstraße an. Zwei Beamte stürmten zum Zug. Was los sei, wollten sie von dem Bahnmitarbeiter wissen.

„Wir haben Stromausfall, kein Licht im Zug."

„Das ist doch kein Unfall, zu dem die Polizei kommen muss", unterbrach ihn die Beamtin.

„Der Stromausfall nicht, aber möglicherweise interessieren Sie die beiden Motorradfahrer, die auf der anderen Seite des Zuges tot am Boden liegen."

Ohne weitere Worte entnahmen die Polizisten ihrem Fahrzeug Regenmäntel und Taschenlampen und gingen vorne um den Triebwagen herum.

Eine Ambulanz fuhr ein, kurz dahinter eine zweite. Der Zugführer rief: „Ein Krankenwagen hätte genügt, unter den Passagieren ist nur eine leichtverletzte Frau und für die da hinten muss der schwarze Wagen kommen."

„Wir wurden zu einer schwangeren Frau in einem Auto gerufen, wo steht denn das?", erkundigte sich einer der Sanitäter. „Ach ja, das könnte der Wagen auf der anderen Seite sein." Die Rettungskräfte sprachen sich ab. Ein paar kümmerten sich um die verletzte Reisende, die anderen eilten zu Denise.

Luigi sah sie um die Front des Zuges herumkommen und mühsam über den Schotter stampfen.

Er öffnete die Tür und ging ihnen entgegen. „Meine Frau steht unter Schock, wir haben gesehen, wie das Motorrad ungebremst dem Zug in die Seite fuhr."

Die Notärztin, die sich der verletzten Frau im Zug angenommen hatte, wurde per Funk kontaktiert. Sie beurteilte den Zustand der Frau im Zug als weniger dramatisch und überließ sie den Sanitätern, die sie auf die Trage legten und zum Rettungswagen brachten. Immer wieder wurden sie von dem Handyreporter gestört. Ihn zu verscheuchen gelang nicht. Laufend machte er Bilder. Einer der Sanitäter schubste ihn zur Seite und machte ihn darauf aufmerksam, dass es nicht gestattet sei, Bilder von fremden Personen ohne deren Einverständnis zu schießen.

Während sich die Ärztin der nach wie vor nicht ansprechbaren Denise annahm, gab Luigi einem der Sanitäter Auskunft über sie. Mit einer Infusion im Arm wurde sie auf der Liege durch den nachlassenden Regen zum Krankenwagen gebracht und mit Blaulicht zur Notaufnahme gefahren, wo sie seit Jahren tätig war.

Während die Polizisten auf Verstärkung warteten, befragten sie Luigi zu dem Unfall. Was er gesehen habe, wollten sie wissen, wieso er auf der Nebenstraße gefahren sei. Und ob eine Beziehung der Motorradfahrer zu ihm bestehe.

Der Strom kam zurück. Licht erhellte das Innere des Zuges. Auch die Verbindung zur Zentrale war wiederhergestellt. Keine Frage, der Zugverkehr würde unterbrochen bleiben, bis die Spurensicherung den Unfall abgeschlossen hatte. Ein Kleinbus der Bahn holte die vier im Zug verbliebenen Fahrgäste ab und brachte sie nach Hause. Der junge Mann mit dem Handy blieb und machte Bilder. Als Ersatz für den Zugverkehr wurde eine Busverbindung eingerichtet.

Ein Verkehrsunfall mit zwei Todesopfern in der Nähe von Biswil blockiert den Zugbetrieb, Ersatzbusse sind im Einsatz, meldete das Lokalradio. Auf den Anzeigetafeln in den Bahnhöfen erschien eine Störungsmeldung.

Die Unfallermittler meldeten den vorläufigen Sachverhalt an die Zentrale, welche ihrerseits die Presse informierte.

Neben dem Zug hatten sie ein Zelt aufgestellt, ein mobiler Erzeuger lieferte den Strom für hell leuchtende Lampen.

Das Gewitter war weitergezogen, die Wolken lichteten sich.

Nach seiner nochmaligen Aussage zum Geschehen wurde Luigi von der Polizistin entlassen und fuhr auf direktem Weg in das Spital, in das seine Frau eingeliefert worden war.

Bald stellte sich heraus, dass das am Boden liegende demolierte Motorrad am Tag zuvor in Baden gestohlen worden war. Der Besitzer hatte das Fehlen bereits eine Stunde nach dem Diebstahl gemeldet. Beim Durchsuchen der Kleidung der Leichen stellten die Beamten Personalausweise aus Italien sicher. Weiter fanden sie die Quittung eines Hotels in Aarau, je einen Fahrschein, ausgestellt am Donnerstag in Neapel für eine Hin- und Rückfahrt von dort nach Aarau. Darüber hinaus fand man einige Euros in der Hosentasche des Beifahrers sowie ein mit Patronen gefülltes Magazin für eine Pistole.

„Wenn einer Munition bei sich trägt, hat er auch eine Waffe", folgerte einer der Beamten. Der Verkehrsunfall wurde zum Fall für die Kriminalabteilung, was Hektik auslöste und den

Tageskommandanten bewog, zwei weitere Leute zum Ort des Geschehens zu schicken.

Aus Sicht der Unfallermittler waren die wenigen vorhandenen Spuren so weit ausgewertet, dass der Zug neunzig Minuten nach dem Blitzeinschlag für die Weiterfahrt freigegeben werden konnte.

Obschon mehrmals vom Platz verwiesen, schlich der Handyfotograf weiter um den Unfallort herum. Zog sich zurück in die Dunkelheit und bildete sich aus den Wortfetzen, die er mitbekommen hatte, seinen Reim. Das Auto des Bestatters wartete schon über eine Stunde an der Straße vor dem Bahnübergang. Die Toten lagen noch immer unter weißen Planen am Boden.

Ein neutraler Wagen mit aufgesetztem Blaulicht fuhr vor. Der Bezirksanwalt grüßte kurz und ließ sich über die bis dahin bekannten Ermittlungsergebnisse informieren.

„Wenn die eine Waffe bei sich trugen, muss die irgendwo zu finden sein. Wir suchen die Umgebung ab." Eine Reihe aus 8 Beamten durchkämmte die nächste Umgebung. Sie trugen Stablampen, mit denen sie den Grund ableuchteten. Nach zwanzig Metern machten sie kehrt und verteilten sich neu, um wieder geordnet zurück zum Gleis zu gehen.

Zwischen Schotter und einem Grasbüschel lag sie, die Beretta. Geladen und entsichert. In einer Plastiktüte sicherte der Ermittler die Waffe und legte sie zu den anderen Gegenständen, die man den Getöteten zugeordnet hatte.

„Die hatten was vor, etwas, das mit Waffengewalt geregelt werden musste. Doch was ist in dieser Gegend an einem Sonntag derart bedeutend, dass zwei Bewaffnete aus Italien einfahren."

Der Bestatter erhielt den Auftrag, die beiden Toten in die Rechtsmedizin zu überführen. „Dort bleiben sie, bis ihre Identität geklärt ist. Ich vermute, dass die Papiere, die sie bei sich trugen, gefälscht sind", rief der Ermittler seinem Kollegen zu.

Widerstrebend hatte Heierle dem Drängen seiner Frau nachgegeben und am Sonntag ihren Halbbruder im Berner Oberland besucht. Er hatte es geahnt, seine Erinnerungen an die seltenen früheren Besuche hatten ihn nicht getäuscht. Mit diesem Stierengrind, der grundsätzlich alles besser wusste, konnte er kein halbwegs vernünftiges Gespräch führen. Dann nervte der Stau auf der A1 bei der Heimfahrt und gab seiner Stimmung den Rest. Wortlos saß er auf dem Beifahrersitz und schaute desinteressiert auf die Straße. Endlich zu Hause stand für ihn fest: „Für die nächsten zwanzig Jahre haben wir das hinter uns."

Seine Frau kannte seine Launen. Nur nichts entgegnen, still und ruhig bleiben, ihm in der Küche ein kaltes Essen zubereiten, ein Bier dazu reichen und ihn seinen Groll aussitzen lassen.

Vor dem Fernseher schlief er ein und erwachte gegen drei. Um ins Bett zu gehen, erschien es ihm zu spät, zum Aufstehen zu früh. Er legte sich wieder aufs Sofa und fand rasch in den Schlaf.

Montag

Mit den Worten, ob er heute nicht zur Arbeit gehe, weckte ihn seine Frau gegen sieben Uhr. „Du hättest mich früher wecken können, nun komme ich zu spät ins Büro", maulte er, als er auf die Uhr sah. „An einem Montag kommt man nicht zu spät, an einem Montagmorgen erscheint man ausgeruht, frisch und pünktlich im Büro. Was sollen die anderen von mir denken, diejenigen, denen ich es jedes Mal vorhalte, wenn sie verschlafen und erst um fünf nach sieben auftauchen."

„Ausgeschlafen bist du sicher, jetzt musst du dich eben beeilen", entgegnete sie und ließ beim Verlassen der Wohnung die Tür lauter als sonst ins Schloss fallen.

Um halb acht trat auch er geduscht und frisch gekleidet aus dem Haus. Unbemerkt in sein Büro zu schleichen, misslang gründlich.

Er wurde erwartet.

Moser hatte Dolores aufgesucht und wollte sie gerade bitten, abzuklären, wo Heierle stecke, als der Gesuchte den Raum betrat. „Heierle, wir haben dich vermisst, bist du krank oder hast du vergessen, deine Abwesenheit einzutragen?", stichelte der Fahnder, der durchschaut hatte, dass Wachtmeister Heierle im letzten Jahr vor der Rente und zum ersten Mal, seit er vor fünfundzwanzig Jahren aus dem Thurgau in den Dienst der Aargauer Polizei gewechselt hatte, verschlafen hatte.

„Geht euch nichts an, ich bin keinem von euch Rechenschaft schuldig. Was eilt denn so am frühen Montagmorgen, dass ihr ohne mich nicht weiterkommt?"

Moser wies auf die Zeitung auf dem Schreibtisch. „Mir scheint, du hast heute noch nicht in die Zeitung geschaut, die wissen wieder mal mehr als wir."

Schon wieder ein Horror-Ereignis in Biswil, zwei Gangster getötet.

Heierles Blick fiel auf das Bild der verunglückten Italiener, auf einem weiteren Foto war eine blutende Frau in einem Zug zu sehen, daneben das Zelt der Ermittler im grellen Licht. Dann überflog er den Artikel.

Dort hieß es, ein Motorradfahrer sei mit voller Wucht in die WSB gefahren. Der Zugführer habe einen Not-Stopp eingeleitet, wobei eine Passagierin schwer verletzt worden sei. Allerdings habe die Notärztin die Frau nur kurz angeschaut und sei dann zu einem in der Nähe stehenden Auto gegangen. Die Beifahrerin zu betreuen, sei der Ärztin offenbar wichtiger gewesen, als nach der Schwerverletzten zu schauen. Der Motorradfahrer und sein Beifahrer hätten tot neben der Bahn gelegen. Der eine habe noch im Tod eine Pistole in der Hand gehalten.

Die Zeitung mit den großen bunten Buchstaben fragte, was geschehen sei. Weshalb die Polizei am Sonntagabend eine verwirrende Meldung an die Presse geschickt hätte, in der von einem Betriebsunterbruch der Bahn wegen eines Gewitters die Rede gewesen sei. Nur einem Leserreporter sei es zu verdanken, dass die wahren Umstände des Vorfalls bekannt geworden seien. Sie würden dranbleiben und dem verantwortlichen Polizeichef unbequeme Fragen stellen.

„Und was ist an dieser Geschichte dran?" Heierle schaute erst zu Moser, dann zu Dolores.

Moser hob die Augenbrauen. „Verdrehter könnte sie nicht sein, da hat sich einer wichtigmachen wollen. Der Sachverhalt ist bekannt und gesichert."

„Der Bericht des Verkehrsdienstes und der beiden Kriminaler liegt vor und ist im System abrufbar", fügte Dolores hinzu. „Und zur Ergänzung unsere Nachfrage im Spital von heute früh: Die verletzte Frau im Zug konnte noch gestern Abend spät das Spital verlassen. Die schwangere Frau, die Zeugin des Unfalls wurde, hat ihren Schock überwunden und wird heute ebenfalls entlassen."

„Lasst mich die Berichte lesen, in einer Viertelstunde treffen wir uns im Sitzungszimmer", sagte Heierle, der sich von der Schmach, verspätet erschienen zu sein, erholt hatte.

Noch nie in seiner jetzigen Funktion hatte Heierle seinen Kopf derart hochgetragen, seinen Rücken so gerade und mit dem Schritt eines jungen Rekruten machte er sich auf den Weg ins Sitzungszimmer.

Dumm nur, dass ihm niemand begegnete, der von seinem Stolz hätte beeindruckt werden können.

Dolores hatte Kaffee bereitgestellt, für Moser ein Glas Leitungswasser. „Und bist du nun im Bild?", wollte der Fahnder wissen.

„Und wie ich im Bild bin, noch mehr als ihr. Ein weiteres Mal hat der alte, dicke Heierle, der seine Ostschweizer Herkunft nicht leugnen kann, recht gehabt."

„Inwiefern bist du im Recht?"

„Wie lautet der Name des Fahrers, dessen Frau ins Spital eingeliefert werden musste?", fragte Heierle und fuhr nach einem kurzen Moment allgemeinen Schweigens fort. „Ich sag es euch. Es handelt sich um Luigi Nardo, den Mann, in dessen Ablaufrohr kürzlich ein menschliches Ohr gefunden wurde. Und was hat ein abgeschnittenes Ohr zu bedeuten, wenn es jemandem zugestellt wird? Ein Zeichen der Mafia ist es. Weshalb fahren zwei Typen mit einem gestohlenen Motorrad und geladener Pistole dem Nardo auf einer Nebenstraße nach? Kann sich einer von euch darauf einen Reim machen? Wer in diesem Haus hat gewarnt und wurde ausgelacht, weil er hinter diesem Mann eine kriminelle Organisation erkannt hatte. Und wer in diesem Haus wurde verhöhnt, weil er den Durchblick hatte? Ich, der dicke Heierle."

Es herrschte Stille im Raum, alle Blicke waren auf den in Fahrt geratenen Wachtmeister gerichtet.

Schließlich räusperte sich Moser. „Ich gebe es zu, das habe ich übersehen. Deinen Folgerungen muss nachgegangen werden. Eine weitere Befragung des Nardo ist unerlässlich."

Nun wurde Heierle laut, so laut, dass es auch außerhalb des lärmgedämmten Raumes zu hören war.

„Was heißt hier nochmals befragen? Abholen und in die Zelle, morgen früh werde ich den durch die Mangel drehen, der wird reden, singen wie eine Amsel am frühen Morgen."

„Du vergreifst dich wieder mal in der Wortwahl. Zu einer Festnahme fehlen uns die Gründe, es gibt keinen nur annähernd gesicherten Beweis, dass Nardo in irgendeiner Weise Schuld am Unfall trägt. Auch haben unsere vertieften Recherchen nichts ergeben, was ihn in die Nähe krimineller Organisationen rücken würde."

„Schon wieder hinterfragt ihr meine kriminalistische Fähigkeit, Dinge zu erkennen, die ihr überseht. Ich lasse den Nardo abholen und werde ihn in die Zange nehmen."

Jetzt wurde Moser laut: „Nein, das wirst du nicht, er wird als Zeuge des Unfalls vorgeladen und befragt, befragt von mir. Du kannst während der Befragung dabei sein. Das Wort führe ich. Ist das klar!"

Heierle erhob sich; der Stuhl, auf dem er gesessen hatte, fiel zu Boden, sein Gesicht war rot wie eine Erdbeere und aufgequollen.

„Ihr werdet noch sehen, dass ich mit meinem Gespür auf dem richtigen Pfad bin. Macht, was ihr wollt, aber ohne mich. Spätestens beim nächsten Toten werdet ihr an mich denken." Gekränkt und beleidigt verließ er den Raum und schloss die Tür hinter sich.

Moser seufzte. „Der wird keine Ruhe geben und sich über irgendwelche Winkelzüge in den Fall einmischen. Ich gebe es zu, den Zusammenhang mit Nardo habe ich übersehen. Ich ruf ihn an und lade ihn für heute Nachmittag ein."

„Es wundert mich, dass unser Chef sich noch nicht gemeldet hat", bemerkte Dolores. „Die Schlagzeile und der verdrehte Artikel in der Tageszeitung müssten ihm mittlerweile bekannt sein. Ich stelle bis Mittag alle bisherigen Erkenntnisse zusammen. Die Aussagen von Nardo kann ich dann nachtragen. Ich denke, dass der Chef oder sein Sprecher am späten Nachmittag offiziell über den Vorfall informieren werden."

„Einverstanden, ich möchte, dass du bei der Befragung von Nardo dabei bist."

Beide erhoben sich und verließen den Raum.

Gegen Mittag durfte Luigi seine Frau nach Hause holen. Denise war bleich im Gesicht, doch erleichtert vom Bericht der Ärztin, die attestiert hatte, dass ihr Baby wohlauf sei. Sie solle sich bis zur Geburt schonen und zu Hause bleiben. In einem Umschlag steckte ihre Bescheinigung der Arbeitsunfähigkeit. Eine Kopie davon hatte sie mit der internen Post an die Personalabteilung geschickt.

Luigi erzählte, dass er sich am Nachmittag zur Zeugenaussage in Aarau melden müsse. Er verschwieg, dass auch sie dort hätte antraben müssen und dass er dies nur mit dem Hinweis auf ihren angeschlagenen Gesundheitszustand hatte verhindern können.

Was nicht bedeutete, dass sie nicht auch noch würde aussagen müssen. Wo und wann, das würde man ihnen noch mitteilen.

Der Bericht der Zeitung hatte die Redaktionen der anderen Blätter aufgeschreckt. Wieder mal hatten sie die Chance verpasst, als Erste über einen mysteriösen Fall zu berichten. Auf der Suche nach Zeugen geriet der Führer des Zuges in den Fokus. Die Namen der anderen am Unfall Beteiligten blieben unbekannt. Von der Klinik den Namen der verletzten Frau zu erhalten, gelang nicht. Der vor dem Spital herumlungernde Journalist erlebte einen Tag voller Enttäuschungen. Keiner der Besucher oder Patienten wusste etwas von einer schwer verletzten Frau, die im Zug verunglückt war.

Auch Luigi wurde von ihm angegangen, als er mit Denise das Spital verließ. Er behauptete, von nichts zu wissen, sie seien nur zu einer Vorsorgeuntersuchung hier gewesen. Ausgerechnet denjenigen, der am besten hätte Auskunft geben können, hatte der junge Mann nicht erkannt.

Auch die Namen der weiteren Passagiere des Unfallzugs konnten von den nachforschenden Journalisten nicht ausfindig gemacht werden.

Immerhin plauderte ein Kollege des Zugführers aus, wer den Unglückszug gesteuert hatte. Keine halbe Stunde später standen zwei Reporterinnen vor dessen Haustür und baten um eine Stellungnahme. Mit der Reaktion seiner Frau hatten sie nicht gerechnet. Kaum hatten sie sich als Zeitungsmitarbeiter vorgestellt, ging das Lamento los. Keiner der beiden gelang es, sie zu unterbrechen, sie drohte mit dem Regenschirm, der neben der Tür stand, und verwünschte die verdutzten Frauen, die ihr Heil in der Flucht suchten. Der wichtige Zeuge war unerreichbar, seine Frau eine unüberwindbare Hürde.

Montags war im Sternen Biswil Ruhetag. Der Ort, an dem lokaler Tratsch verbreitet und diskutiert wurde, war geschlossen. Die Poststelle, die früher ebenfalls als möglicher Treffpunkt gedient hatte, gab es seit einem Jahr nicht mehr. Wer einen Bekannten im Dorf traf, suchte seinem Gegenüber Informationen zu entlocken. Schließlich blieb jenen, die sehnsüchtig auf Neuigkeiten warteten, nur die Hoffnung auf eine Pressekonferenz, die für den Vorabend angekündigt worden war.

Gegen zwei Uhr am Nachmittag kam die Rückmeldung aus Italien; die Personalausweise der beiden verunfallten Männer seien gefälscht, die Fotos darauf zu ungenau und nicht brauchbar für eine Identifizierung. Man warte auf die DNA-Auswertung, die mit der Anfrage gesendeten ballistischen Auswertungen hätten ergeben, dass die Waffe einen Monat zuvor bei einem Mord in Palermo zum Einsatz gekommen sei. Einer Person sei sie jedoch nicht zuzuordnen.

Moser bekam diese Meldung zugesteckt, während er Luigi Nardo im Besprechungszimmer befragte. Er erklärte ihm, er sei als Zeuge einbestellt, und das bereits zum zweiten Mal innerhalb kurzer Zeit. Ihm gehe es nun darum, zu erfahren, ob der Zufall verantwortlich dafür sei oder ob er in irgendeiner Weise das Bindeglied zwischen den beiden in Biswil laufenden Ermittlungen sein könnte.

Nardo reagierte empört. „Was heißt hier Zufall und was meinen Sie mit Bindeglied, gibt es denn einen Zusammenhang zwischen den beiden Vorfällen? Das scheint mir doch sehr weit hergeholt."

Nun spürte Moser, dass Luigi seit der letzten Befragung vorsichtiger geworden war. Er fühlte sich mit unterschwelligen Verdächtigungen konfrontiert und als Zeuge nicht ernst genommen.

„Es liegt an uns, zu klären, ob es einen Zusammenhang gibt oder nicht", entgegnete er. „Erzählen Sie mir als Erstes, weshalb Sie am Sonntag mit dem Auto unterwegs waren."

Luigi berichtete vom Besuch bei seiner Großmutter. Von der Heimfahrt über den Böhler. Dass ihm die vielen Motorradfahrer aufgefallen waren, was an einem schönen Sonntag auf der kurvenreichen Straße jedoch üblich sei. Er erzählte, wie er sich auf dem Heimweg entschieden hatte, die Nebenstraße nach Biswil zu nehmen, um vor dem aufziehenden Gewitter nach Hause zu kommen. Dass ihm ein Motorrad gefolgt sei, dass er es im Rückspiegel gesehen und dabei gedacht habe, es handele sich um jemanden, der wie er ortskundig sei und den vielen Baustellen mit Verkehrsampeln auf der Hauptstraße ausweichen wolle. Nicht erkannt habe er in dem Moment, dass sich zwei Personen auf dem Motorrad befanden.

„Und wie haben Sie den Unfall in Erinnerung?"

„Das habe ich Ihrem Beamten vor Ort doch schon geschildert", begehrte Luigi auf.

„Ich möchte es trotzdem von Ihnen hören."

Er schilderte, wie er im Licht des Blitzes den heranfahrenden Zug gesehen hatte. Wie er daraufhin voll auf die Bremse getreten war. Er sei wegen der schlechten Sicht etwa mit dreißig Stundenkilometern gefahren. Auf einmal habe das Motorrad ihn überholt und sei mit voller Geschwindigkeit gegen den Zug geprallt. Erst da habe er realisiert, dass sich zwei Menschen darauf befunden hätten. Denise habe geschrien und sei gleich darauf nicht mehr ansprechbar gewesen. Er habe sich voll auf seine schockierte Frau konzentriert und nicht auf das, was sich draußen abspielte, geachtet.

Zudem sei es dunkel gewesen, nur aufgehellt von den zuckenden Blitzen am Himmel.

„Eine Befragung wird auch Ihrer Frau nicht erspart bleiben, das muss sein."

„Meine Frau ist schwanger und hat einen schweren Schock erlitten. Sie darf sich nicht aufregen, hierher kann sie nicht kommen, auf keinen Fall."

Wieder fiel Moser auf, dass Nardo selbstbewusster geworden war, sich durchzusetzen versuchte.

„Dann werde ich sie noch heute zu Hause besuchen, eine Beamtin wird mich begleiten."

„Bitte in Zivil, Polizei hatten wir schon zur Genüge im Haus, es reicht uns."

„Aufgrund unserer bisherigen Erkenntnisse hielten sich die beiden tödlich verunfallten Männer in krimineller Absicht in der Schweiz auf. Das Motorrad war gestohlen, ihre Papiere gefälscht, der Soziusfahrer hatte eine geladene Pistole in der Hand, als der Unfall geschah. Es könnte sein, dass die beiden Sie im Visier hatten. Können Sie sich vorstellen, weshalb jemand ein Interesse daran haben sollte, Sie umzubringen? Zudem jemand aus Italien."

Luigi erbleichte und trank einen Schluck Wasser aus dem bereitgestellten Glas.

„Ich soll in Gefahr sein, wie kommen Sie darauf? Es gibt dafür keine Gründe, ich habe keine Schulden, mit niemandem Streit, ich war stets redlich und ehrlich. Ich habe auch keine Feinde, wer kommt auf eine derart hirnrissige Idee, ich könnte zum Ziel von Schießwütigen werden?"

„Nicht Schießwütige, sondern beauftrage Killer waren hinter Ihnen her, Herr Nardo."

„Kommt nun die Mafia-Frage? Schon als wir das Ohr in der Dusche fanden, spekulierte ihr Kollege, das sei ein Zeichen dieser Bande. Nochmals: Ich habe nichts mit Kriminellen zu tun, ich spreche nicht Italienisch und war seit Jahren nicht in Italien. Ich bin Schweizer, mein Vater war Schweizer, meine Mutter ist Schweizerin und meine Frau auch. Ich gehe jeden Tag zur Arbeit in der Schreinerei, mache keine Nebengeschäfte und kenne auch niemanden, der in irgendeiner Form mit Verbrechen zu tun hat."

„Gut, wir beenden hier das Gespräch. Sie fahren von hier aus direkt zu Ihrer Wohnung. Frau Bühler und ich folgen Ihnen. Dort werden wir Ihre Frau befragen. Sie bleiben derweil in einem anderen Raum."

„Langsam, aber sicher kommt bei mir das Gefühl auf, dass Sie mir nicht glauben. Sie vermuten, dass ich etwas verstecke oder verschweige. Haben Sie keine Bedenken, es gibt nichts, was ich mit Denise absprechen könnte. Eines jedoch werde ich meiner Frau sagen, bevor Sie beginnen, sie in die Zange zu nehmen. Sie soll das Gespräch verweigern, wenn es ihr zu viel wird. Das ist ihr gutes Recht."

Auf der Fahrt nach Biswil sagte Moser zu Dolores Bühler: „Der Nardo hat sich verändert, er beginnt sich aufzulehnen. Ist nicht mehr derselbe wie vor vierzehn Tagen bei der ersten Befragung."

„Wen wundert's? Was der in den vergangenen zwei Wochen alles erleben musste, belastet die Nerven. Ob schuldig oder unschuldig. Mein Bauchgefühl sagt mir, dass er nichts mit alledem zu tun hat. Die Killer können wir nicht mehr befragen, auch deren Auftrag könnte ein Missverständnis gewesen sein."

Denise saß in einem Sessel mit hoher Rückenlehne und breiten, aus blankem Holz gefertigten Armstützen, den sie von ihrer Großmutter geerbt hatte.

„Wen bringst du mit?", fragte sie verwundert, als hinter Luigi Moser und Dolores ins Wohnzimmer traten.

„Die beiden sind von der Polizei und bearbeiten den Unfall vom Sonntagabend. Sie wollen auch von dir hören, wie wir den Sonntag verbracht haben. Ich darf bei der Befragung nicht anwesend sein und warte so lange in der Küche. Sollte es dir schlecht gehen, dann sag es ihnen und brich die Befragung ab. Lass dich nicht von ihnen überfordern."

Moser wurde ungeduldig. „Genug der Instruktionen, lassen Sie uns nun mit Ihrer Frau allein."

Mit einem „Was heißt denn hier Instruktionen?" verließ Luigi das Zimmer.

Während er sich in der Küche einen Kaffee braute, begann Dolores mit der Befragung. Sie fragte Denise nach dem Verlauf ihrer Schwangerschaft, dann nach ihrer Arbeit und ihrem Privatleben. Wie sie Luigi kennengelernt hätte und seit wann die beiden ein Paar seien. Beiläufig erkundigte sie sich auch danach, wie die beiden den Sonntag verbracht hätten.

Bis in jedes schon bekannte Detail deckten sich ihre Aussagen mit denen ihres Mannes. Sie erinnerte sich auch daran, dass sie von Luigi auf den Motorradfahrer, der hinter ihnen auf der Nebenstraße fuhr, aufmerksam gemacht worden war. Mit dem Blitzschlag und dem Aufprall des Zweirades auf der Bahn endeten ihre Erinnerungen abrupt. Erst an die rasante Fahrt in der Ambulanz erinnerte sie sich wieder wie durch einen dichten Nebel.

Moser wollte etwas über die Kontakte ihres Mannes außerhalb ihres familiären und beruflichen Umfelds wissen. Denise schaltete schnell. „Und jetzt wollen Sie hören, dass mein Mann sich mit einem Mafioso in Neapel getroffen und in einer Scheune tonnenweise Rauschgift gelagert hat." Wütend nahm sie die Kündigung ihrer Wohnung aus dem Schrank und warf sie vor Moser auf den Tisch.

„Was denken Sie, wie wir zu leiden haben, nur weil irgendein Idiot sich einen Spaß erlaubt und ein Ohr in den Ablauf der Dusche gesteckt hat? Könnte ja sein, dass derjenige gar nicht wusste, wer in diese Wohnung einziehen würde, als er die Dummheit beging. Aber wenn die Polizei sich einmal für eine Richtung entschieden hat, ist ein Umdenken wohl nicht mehr möglich. Ich bitte Sie nun, unsere Wohnung zu verlassen, ich habe nichts mehr zu sagen." Der Wutausbruch war echt, das konnte jeder sehen.

Moser zögerte. „Tut mir leid, Frau Nardo, was Ihnen widerfahren ist. Wir müssen unseren Job machen, dazu gehört es manchmal auch, unangenehme Fragen zu stellen. Ich habe Ihre Aussagen in meinem Laptop protokolliert, wenn es Ihnen recht ist, hole ich den mobilen Printer aus dem Auto und drucke aus, was ich geschrieben habe. Bitte lesen Sie den Text einmal durch, bevor Sie das Protokoll unterschreiben."

Denise blieb sitzen, sagte kein Wort und unterzeichnete schließlich das vierfach ausgedruckte Protokoll.

Luigi begleitete, sichtlich aufgewühlt vom Anblick seiner Frau, die sich in Rage geredet und ein aufgedunsenes Gesicht hatte, die beiden zur Tür.

„Jetzt habt ihr, was ihr wolltet. Meiner Frau geht es miserabel. Sollte unserem Kind dadurch ein Schaden entstehen, werden wir Sie dafür zur Rechenschaft ziehen."

Während die beiden Polizeibeamten wortlos durch das Wynental nach Aarau fuhren, brachte Luigi seiner Frau einen Tee und setzte sich neben sie.

„Womit haben wir das nur verdient, wer will uns etwas Böses?" Denise verfiel in einen Weinkrampf und nahm eine der Tabletten, die ihr der Arzt im Spital mitgegeben hatte.

Luigi rief seinen Chef an und teilte ihm mit, dass er nicht wie vorgesehen wieder zur Arbeit kommen könne. Denise gehe es schlecht.

Für fünf Uhr war eine Pressekonferenz angekündigt. Bereits eine halbe Stunde zuvor drückten sich die Presseleute im Saal herum, schubsten und drängelten um die besten Plätze.

Der Polizeichef eröffnete die Konferenz und merkte als Erstes an, dass es heute keine abschließenden Erkenntnisse zu vermelden gebe und dass es stattdessen darum gehe, bereits veröffentlichte Fehlinformationen richtigzustellen und über inzwischen gesicherte Erkenntnisse zu informieren. Über Vermutungen und Gerüchte werde nicht diskutiert.

Nun war es am Pressesprecher, die gesammelten Fakten zu präsentieren. Moser, der üblicherweise bei solchen Orientierungen anwesend war, wollte sein Gesicht nicht in einer Zeitung sehen und war in seinem Büro geblieben.

Der Bericht begann damit, dass am Vorabend ein heftiges Gewitter über das Wynental gezogen sei. Der Sprecher stellte klar, dass der Zug wegen eines Stromausfalls durch Blitzschlag zum Stillstand gekommen sei. Dass ein Motorradfahrer den herannahenden Zug der WSB übersehen habe, vermutlich wegen des höllischen Gewitters, das den Ort in Dunkelheit getaucht hatte, während ihn gleichzeitig die Blitze blendeten. Es sei auch zu vermuten, dass der Fahrer ortsunkundig gewesen sei und nichts von einem unbewachten Bahnübergang gewusst habe.

Der Fahrer des Motorrads und sein Beifahrer seien auf der Stelle tot gewesen, ihre Identität noch unbestätigt.

Im Zug habe es wegen der plötzlichen Bremsung eine Leichtverletzte gegeben, die Frau sei noch am Abend aus dem Spital entlassen worden.

Der Pressesprecher dankte den Rettungsleuten und dem Zugführer, dessen Verhalten er als vorbildlich lobte, für ihre Arbeit vor Ort. Leider habe sich keiner der unverletzten Passagiere um die blutend am Boden liegende Frau gekümmert. Im Gegenteil habe einer der Anwesenden Fotos geschossen und die Sanitäter bei ihrer Arbeit behindert. Eine Strafanzeige wegen Verhinderung der Nothilfe werde zurzeit geprüft.

„Wenn es keine Fragen gibt, schließen wir die Information."

Diesen zu solchen Anlässen üblichen Satz hätte er sich sparen können.

Es gab kaum jemanden im Raum, der keine Frage stellen wollte.

Am lautesten rief die Reporterin der Zeitung, die am Morgen auf ihre Weise vom Geschehen berichtet hatte. Zum Ersten verwehrte sie sich gegen den Vorwurf, sie hätte die Tatsachen verdreht. Es sei die Polizei, die wieder einmal versagt habe. Man habe bis um fünf heute Abend keine Informationen darüber erhalten, auf welche Weise die beiden italienischen Verbrecher zu Tode gekommen seien. Es wäre, sofern man nicht gerade seinen Sonntagsschlaf gehalten hätte, noch gestern möglich gewesen, wenigstens eine kurze Meldung auf den Ticker zu legen. Und jetzt würden nur banale, halbgare Dinge erzählt. Jeder halbwegs normale Mensch wisse, dass es bei Gewittern blitze und donnere.

„Mich interessiert, warum einer der Toten eine geladene Pistole bei sich hatte", erklärte sie. „Was das für eine Waffe war, ob man darüber schon Erkenntnisse hat. Woher die schwarz gekleideten Männer das Motorrad hatten. Bitte sagen Sie uns das."

Nun tobte das Haus. „Woher haben die Leute aus Zürich ihre Informationen? Wer gibt denen Sachverhalte weiter, die uns verwehrt bleiben? Was hat es mit der Pistole auf sich? Werden uns noch weitere wichtige Fakten vorenthalten?"

„Tatsache ist, dass eine Feuerwaffe in der Nähe der beiden Toten gefunden wurde", erklärte der Pressesprecher. Abklärungen über diese Waffe seien im Gange. Näheres könne aus ermittlungstaktischen Gründen zum heutigen Zeitpunkt nicht bekannt gegeben werden.

„Was könnten die bewaffneten Fahrer geplant haben? Offensichtlich Ortsunkundige befahren keine Nebenstraßen. Sind bei den Männern Dokumente oder andere Hinweise auf eine geplante Straftat gefunden worden?", lautete die nächste Frage, auf die keine Antwort gegeben werden konnte.

Der Chef entschied, die Orientierung zu beenden, und versprach, am Mittwoch über weitere Erkenntnisse zu informieren.

Unzufriedenes Gemurmel und vereinzelte laute Proteste folgten. Dürftig seien die Aussagen und ungerecht das Vorgehen, zumal einige vermuteten, dass gewisse Medien bevorzugt behandelt wurden.

Ein Vorwurf, der nach den meisten derartigen Veranstaltungen erhoben wurde.

Dienstag

Vor dem Wirtshaus Sternen warteten bereits zwei Stammgäste, als der Wirt wie gewohnt gegen acht Uhr die Tür zum Lokal öffnete. Später würden, wie an jedem Werktag, die Handwerker aus der Umgebung zur Neun-Uhr-Pause eintreffen. Dabei würden sich auch Diskussionen über die Arbeiten auf den verschiedenen Baustellen ergeben und Absprachen über die jeweiligen Arbeitseinsätze getroffen werden.

Die Stühle standen noch auf den Tischen und mussten heruntergeholt und aufgestellt werden, bevor die nach Neuigkeiten dürstenden Gäste sich an den runden Tisch setzen konnten.

Kaum hatte der eine seinen Kaffee und der andere ein Glas Wasser vom Hahn erhalten, trat ein Fremder in die Gaststube und fragte, ob er sich zu ihnen setzen dürfe.

„Wir können es Ihnen nicht verbieten. Die meisten zahlen eine Runde, wenn sie sich zum ersten Mal zu uns trauen. Im Moment haben Sie Glück, wir sind nur zu zweit, bald werden es mehr sein. Was führt Sie so früh am Morgen nach Biswil in den Sternen?"

Der Fremde bekundete sein Einverständnis. „Das mit der Runde ist okay, ich übernehme Ihre Getränke. Gibt es hier Leute, die mir etwas über den Unfall vom Sonntagabend erzählen können? Ich bin von der Zeitung und denke, dass unsere Leser das Recht haben, mehr vom Geschehen zu erfahren als das, was offiziell bekannt ist."

Die beiden Einheimischen nickten, sagten noch nichts.

„Kommen Sie, sagen Sie mir, was Sie seit Sonntag gehört haben", bat der Journalist. „Ich bin ja auch deshalb so früh hierhergekommen, weil ich hoffte, jemanden zu finden, der mir Näheres erzählen kann."

„Erst wenn die Leute zum Feierabendbier kommen, werden Einzelheiten zu hören sein", gab der Kaffeetrinker zu.

„Wenn einer von euch was hört, soll er mich anrufen, hier ist meine Karte. Uns interessiert, wer als Zeuge vor Ort war, ob noch andere Fahrzeuge beim Bahnübergang standen, wen die Ambulanz ins Spital gebracht hat, eben solche Nebensächlichkeiten, die uns von der Polizei verschwiegen werden. Für jeden Hinweis in dieser Richtung gibt es zwanzig Franken."

Er rief den Wirt und zahlte, wie versprochen, die Getränke.

„Da sind die Zeitungen von heute, es wäre mehr als anständig, wenn ihr zur Lektüre noch etwas bestellen würdet", sagte die Bedienung, die aus der Küche kam und die aktuellen Tageszeitungen auf den Tisch legte.

Doch die Tagespresse enthielt nur den üblichen Einheitsbrei, die Zeitung mit den bunten Buchstaben kritisierte den dürftigen Informationsgehalt der behördlichen Pressemitteilungen. Es sei ein Anliegen ihres Blattes, immer und rasch von den neuesten Geschehnissen zu berichten. Selbst dann, wenn die Polizei ihren

Sonntagsschlaf höher einschätze als das Informationsbedürfnis der Bevölkerung. In der heutigen Ausgabe würden die Ereignisse vom Sonntag in Biswil so dargestellt, wie sie sich nach den gründlichen Recherchen ihres Reporterteams ereignet hätten.

Dann folgte der Aufhänger, eine gefundene Pistole, die einem der Toten zugeordnet wurde. Weiter spekulierten die Schreiber darüber, was die beiden Motorradfahrer geplant haben könnten, und kamen zu Schluss, dass es eine Übung gewesen sein könne. Ein Vorbereitungstraining für ein Verbrechen, das am Montag oder Dienstag begangen werden sollte. Ob die Ermittler der Polizei mehr darüber wussten, blieb dahingestellt.

Auch den anderen Blättern vom Dienstag diente die gefundene Pistole als Aufhänger zu ihrer Berichterstattung.

In der Neun-Uhr-Pause zitierte Bruno Frei Luigi in sein Büro. „Was ist nur los mit dir, neun Jahre lang hatten wir eine gute Zusammenarbeit, nie gab es was zu beanstanden, du bist aufgestiegen zum Vorarbeiter und machst deinen Job bestens. Nun bist du dauernd weg, die Polizei ist hinter dir her. Dein Name steht wegen einer undurchsichtigen Geschichte in der Zeitung. Kunden fragen, ob du derjenige bist, über den da geschrieben wird. Ich habe mich entschlossen, dich bis auf Weiteres nur noch in der Werkstatt zu beschäftigen, keine Arbeiten bei Kunden."

Luigi schaute seinen Chef, den er auch als Kollegen schätzte, ungläubig an.

„Ich kann doch nichts dafür, wenn irgendein Tölpel in meiner Wohnung etwas versteckt hat und wenn ich Zeuge bei einem Unfall mit der Bahn wurde und es meiner Frau deshalb schlecht geht. Und es ist vollkommen normal, dass der einzige Zeuge zur

Aussage auf den Posten muss. Aber ich bin überzeugt davon, dass sich die Sache bald erledigen wird, der Fall aufgeklärt oder zu den Akten gelegt werden wird."

„Hoffen wir es; falls nicht, müsste ich weitere Maßnahmen ergreifen. Dich auf Dauer nur in der Werkstatt arbeiten zu lassen, ist mir zu teuer."

Dass es die Nardos waren, die Zeugen des Unfalls geworden waren, hatte sich im Betrieb herumgesprochen. Darüber reden wollte Luigi nicht.

„Man kann über die Italiener sagen, was man will. Zumindest bei der Identifizierung ihrer eigenen Verbrecher geht es schnell", sagte Dolores, als sie die E-Mail mit den Ergebnissen der DNA-Vergleiche von den beiden Toten, die noch am Montagabend von der Rechtsmedizin nach Rom geschickt worden waren, auf Mosers Tisch legte.

Die Annahme, dass die Namen der Männer nicht denen auf ihren Ausweisen entsprachen, hatte sich bestätigt. Sie wurden eindeutig identifiziert, die Mail enthielt ihre Namen und persönlichen Daten. Man schrieb, die beiden seien gesuchte Männer und stünden unter Verdacht, an mehreren Mordanschlägen in Italien beteiligt gewesen zu sein. Man gehe davon aus, dass sie zu einer Bande in Neapel gehörten.

Ihre Angehörigen würden informiert werden. Es sei anzunehmen, dass sich ein Bestatter melden werde, um den Transport in die Heimat der beiden vorzunehmen. Man wisse, dass in solchen Fällen die Kosten für die Rückführung von einer Stiftung übernommen würden, und bitte darum, mitzuteilen, wann die Leichen zur Überführung freigegeben würden.

„Da haben wir die Betätigung. Es waren organisierte Killer, die beim Aufprall auf die WSB getötet wurden." Heierle trat ins Zimmer. Er hatte die Mail gesehen und sich wie ein kleiner Junge darüber gefreut. „Ihr habt mich im laufenden Fall aufs Abstellgleis gestellt. So was kommt vor, insbesondere wenn jemand weiter denkt als der Rest. Ich hatte schon an jenem Abend, als wir zu Nardo gerufen wurden, den Verdacht, dass wir es mit einem Fall des organisierten Verbrechens zu tun haben. Man glaubte mir nicht. Es mussten erst zwei Männer sterben. Nardo ist immer noch auf freiem Fuß. Ihr habt versagt. Habt nicht wahrhaben wollen, dass der bald in Rente gehende Heierle eine Nase für derartige Fälle hat. Ich bin draußen, ich mische mich nicht ein. Solltet ihr es jedoch unterlassen, die Bundespolizei zu informieren, werden die es von mir erfahren."

Moser blickte ihn ungehalten an. „Das ist Chefsache und Chef bist du nicht. Anlässlich des heutigen Rapports wird er in dieser Sache entscheiden."

Wie er gekommen war, verließ Heierle den Raum.

Tatsächlich fand Moser keine Hinweise darauf, was die Italiener im Wynental vorgehabt hatten. Ob sie einen Anschlag auf Nardo hatten verüben wollen oder, wie es in der Presse zu lesen war, für ein anderes geplantes Verbrechen geübt hatten.

Gegen Abend füllte sich die Gaststube im Sternen. Die Stimmung war aufgewühlt. Ein tödlicher Unfall mit einem gestohlenen Töff war für sich allein ein Ereignis, das die Leute ins Zentrum der Informationsbeschaffung getrieben hätte. Als Zugabe zum Geschehen eine geladene Pistole, die einem der Männer zugeschrieben werden konnte.

Die Gerüchte wurden gedroschen wie leeres Stroh. Nichts Neues gab es, das diskutiert werden konnte. Der alte Gemeindeamman, seit dem frühen Nachmittag am Tisch, den kalten Stumpen durchgekaut und beim fünften Bier, rief die Frage in die Runde, wer denn der Fahrer des Autos gewesen sei, der den Zusammenstoß der Männer mit der Bahn gesehen hatte.

„Das war Nardo, der kam vom Böhler Pass und fuhr über die Nebenstraße nach Hause", antwortete jemand.

„Der Nardo, bei dem das Ohr in der Dusche gefunden wurde?", fragte der noch immer wache alte Mann. „Da haben wir ein schönes Früchtchen, das sich in unserer sauberen Gemeinde eingenistet hat. Es gibt Zufälle, doch der hier stinkt zum Himmel."

In dem tumultartigen Durcheinander achtete niemand darauf, als der junge Mann, der schon am Morgen am Stammtisch ein Wasser von Hahn getrunken hatte, vor die Wirtshaustür ging. Wie er dort die Telefonnummer des Journalisten, der ihm zwanzig Franken für einen Hinweis versprochen hatte, wählte. Er habe Neuigkeiten, sagte er. Solche, die mehr als einen Zwanziger wert seien. Sofern es tatsächlich etwas sei, bislang unbekannt und für die Geschichte von Belang, erhalte er das Doppelte, erklärte der Journalist.

„Der Fahrer des Autos, das vor dem Zug stoppen konnte, war Luigi Nardo, der Mann, bei dem man vor gut zwei Wochen ein Ohr im Abflussrohr gefunden hat."

„Gut gemacht, mein Freund, du hast dir eine Belohnung verdient, wie ist dein Name?", kam die Antwort.

In Anbetracht der neuen Erkenntnisse suchte Moser bereits am Mittag seinen Vorgesetzten auf. Er klärte ihn über den neuesten Stand der Ermittlungen auf. Auch von der unverhohlenen Drohung Heierles, eigenmächtig die Bundespolizei zu informieren, erzählte er.

Schlussendlich kamen sie überein, dass Moser mit Bern telefonieren und dann abwarten sollte, was die dortigen Kollegen für Schlüsse aus den bisherigen Erkenntnissen ziehen würden.

Der Kollege Fidler in Bern, den Moser von früheren Kontakten kannte, sagte, er habe den Anruf bereits erwartet. „Man liest bei uns auch Zeitungen."

„Nun gebe ich dir mündlich einen Lagebericht. Dann könnt ihr entscheiden, ob es ein Fall für die BuPo wird."

Moser las die Ereignisse in der Reihenfolge vor, wie sie sich chronologisch abgespielt hatten. Fidler ließ ihn reden, unterbrach ihn nicht, nur ein leises Hmhm ließ Moser wissen, dass am anderen Ende der Leitung jemand zuhörte.

„So wie ich das einschätze, kommen wir zum Zug", sagte er schließlich. „Es ist die Person Nardo, wie mir scheint, die im Zentrum steht. Ist er wissentlich in eine Sache verwickelt oder möglicherweise sogar Ziel einer Verwechslung. Sicher ist, er und seine Frau sind in jedem Fall gefährdet. Schick mir die Protokolle, in einer Stunde hörst du von mir."

Zwei Minuten später hatte er alles auf seinem PC.

Denise hatte sich vorgenommen, zu klären, ob die Kündigung ihrer Wohnung rechtens sei. Telefonisch fragte sie beim unentgeltlichen Rechtsdienst des Bezirks nach, was sie unternehmen könne, um die Kündigung erfolgreich abzuweisen.

Ihr wurde geraten, diese schriftlich als missbräuchlich anzufechten. Auf ihrem PC schrieb sie die Anfechtung, die sie per Einschreiben an die Vermietung schicken wollte. Doch Luigi war mit dem Auto zur Arbeit gefahren, und zum Dorfladen, der als Postagentur auch Einschreibebriefe entgegennahm, wollte sie nicht. Luigi konnte den Brief am Mittwoch mitnehmen und ihn auf der Poststelle im Nachbardorf aufgeben.

Mitten in der Kaffeepause rief der Kollege von der BuPo an. Sie hätten die gelieferten Unterlagen geprüft und hätten dazu noch einige Fragen, denen sie aber auch später noch nachgehen könnten. Er und das rasch zusammengestellte Team sähen ernsthafte Gefahren für das Ehepaar Nardo. Es sei ihres Erachtens offensichtlich ein Anschlag auf das Paar geplant gewesen. Die beiden getöteten professionellen Killer seien schließlich Mitglieder einer kriminellen Organisation gewesen. Misserfolge würden die höchstens zu einem weiteren Versuch anspornen, sollten sie ein ernsthaftes Interesse daran haben, die Nardos zu eliminieren. Das Ehepaar sei umgehend, noch heute Abend unter Schutz zu nehmen. Eine Unterbringung an einem sicheren Ort sei bis auf Weiteres unumgänglich.

Morgen würden er und ein Kollege nach Aarau kommen, um das weitere Vorgehen zu besprechen. Und er wolle mit Nardo eine weitere Befragung durchführen.

Wieder pochte Moser an die Tür zum Chefbüro. „Schon wieder, was gibt`s?" Der Chef schaute von dem Blatt auf, das er gerade studiert hatte.

„Die BuPo will, dass wir das Ehepaar Nardo noch heute in Schutz nehmen und für eine Weile abtauchen lassen", entgegnete Moser.

„Wir haben keine noch so vagen Beweise, dass Nardo Dreck am Stecken hat. Ihn in Obhut zu nehmen, könnte uns, falls sich alles nur als ein Sturm im Wasserglas herausstellen würde, mit abgesägten Hosen dastehen lassen. Geschieht denen was und wir haben sie nicht geschützt, können wir beide einpacken und uns bei der Schutz- und Wachgesellschaft als UHU melden.

Zwei Zivile holen die beiden aus ihrer Wohnung. Sie sollen das Nötigste einpacken. Der Wagen bringt sie anschließend hierher, er soll die Hofeinfahrt nehmen. Wir wollen keine Zuschauer. Später, nach einer weiteren Befragung, wird ein anderer Wagen die zwei in die für solche Fälle vorgesehene Wohnung im Fricktal, fahren. Es gibt ab sofort keine telefonischen Kontakte mehr mit den Nardos. In ihrem Versteck gibt es ein Handy, das sie nur benutzen, um Anrufe von uns entgegenzunehmen."

Moser hatte zu handeln. Er rief einen Kollegen und eine Kollegin zu sich und erläuterte ihnen, was zu tun sei.

Denise stand in ihrem Arbeitszimmer und bügelte die am Tag zuvor gewaschene Kleidung, als die Beamten draußen klingelten. Erst als sie an der Tür rüttelten, öffnete sie einen kleinen Spalt und fragte: „Wer ist da, was wollen Sie?"

„Wir sind von der Kantonspolizei und müssen Sie sprechen."

„Das kann jeder sagen, in letzter Zeit haben die Leute alle möglichen Tricks angewendet, nur um in unsere Wohnung zu kommen."

Die Beamtin zeigte ihren Ausweis und stellte ihren Kollegen mit Namen vor.

„Was wollen Sie von mir, ich habe zu dem Unfall nichts mehr zu sagen."

„Darum geht es auch nicht, dürfen wir reinkommen?" Als die beiden in der Wohnung standen, erinnerte sich Denise an das Bügeleisen und lief schnell ins Nebenzimmer, um den Stecker zu ziehen.

„Ist Ihr Mann nicht zu Hause?"

„Nein, der kommt meist gegen sechs Uhr, was wollen Sie von Ihm?"

„Unsere Ermittler gehen davon aus, dass Sie und Ihr Mann sich in großer Gefahr befinden. Der Unfall am Sonntagabend hat Ihnen wahrscheinlich das Leben gerettet. Die beiden verunfallten Motorradfahrer waren Killer aus Italien und hatten es nach unserem derzeitigen Kenntnisstand darauf abgesehen, Sie und Ihren Mann umzubringen."

Denise erschrak und musste sich setzen. „Wieso, weshalb sollten die uns töten wollen? Seit zwei Wochen erleben wir die unglaublichsten Dinge. Zuerst das blöde Ohr im Ablauf. Und jetzt sollen wir ins Visier von Killern geraten sein. Nun können wir uns nicht einmal richtig auf unser Kind freuen, das in wenigen Wochen zur Welt kommen wird."

„Frau Nardo, der Chef der Kapo hat entschieden, dass wir Sie und Ihren Mann abholen und für einige Zeit an einen geheimen Ort bringen müssen. Bitte packen Sie das Nötigste für Sie beide, sobald Ihr Mann auftaucht, fahren wir nach Aarau und dann in eine für solche Fälle vorgesehene Wohnung. Weitere

Instruktionen, wie Sie sich zu verhalten haben, erhalten Sie vom verantwortlichen Betreuer."

„Die spinnen, das kann nicht sein", ereiferte sich Denise. „Wir sind unbescholtene, einfache Leute und jetzt sollen wir weg von hier."

„Tut uns leid, aber es geht um Ihre Sicherheit."

Denise hatte gerade begonnen, eine Reisetasche mit Wäsche und Pflegemitteln zu packen, als Luigi in die Wohnung trat. Überrascht, zwei fremde Personen anzutreffen, wollte er aufbegehren, doch seine Frau beruhigte ihn. „Luigi, die sind von der Polizei, die wollen, dass wir mitkommen."

Verwundert wandte er sich an den Polizisten: „Sie wollen uns allen Ernstes einlochen? Können Sie mir sagen, was gegen uns vorliegt?"

Doch der schüttelte nur den Kopf. „Es geht nicht ums Einlochen, es geht um Ihre Sicherheit. Sie sind akut gefährdet."

Noch einmal erklärten die Beamten die geplante Vorgehensweise. Und wie sehr Luigi sich auch dagegen sträubte, all seine Argumente nützten nichts. Die klaren, im Befehlston gehaltenen Worte ließen Luigi nachgeben. Er ging zu Denise, die dabei war, auch für ihn das Nötigste einzupacken.

Als sie hinten im Wagen saßen, kamen den Nardos laufend neue Dinge in den Sinn, die es zu erledigen gab. Luigi fragte, wie er denn zur Arbeit kommen solle, wenn sein Auto in Biswil stehe.

Die Polizistin antwortete, das könne er erst einmal dort stehen lassen, zur Arbeit werde er vorläufig ohnehin nicht gehen.

Das sei nicht möglich, erwiderte Luigi, erst heute habe sich sein Chef darüber beklagt, dass er letzthin zu oft gefehlt habe und sein Name in nicht unbedingt vorteilhaftem Licht in den Medien zu lesen gewesen sei. Er habe ihm sogar verboten, mit Kunden in Kontakt zu kommen.

In Aarau angekommen, wurden sie durch den Hintereingang ins Gebäude der Polizei geführt, wo Moser auf sie wartete.

„Haben Sie schon gegessen? Ihre Abreise kam sicher zu plötzlich, als dass es noch gereicht hätte, Ihr Nachtessen einzunehmen."

„Mir ist der Appetit vergangen, da wird man von Amts wegen aus dem Haus geführt, hat keine Ahnung, wohin und wozu, da denkt man nicht als Erstes ans Essen", ließ Luigi verlauten.

Kommen Sie mit, auch ich habe noch nichts gegessen, der Abend kann noch länger werden. Wir gehen in unsere Kantine, wo Sie sich verpflegen können." Moser bemühte sich sichtlich, eine entspannte Atmosphäre zu schaffen, Druck von den Leuten zu nehmen, die von einem Moment zum anderen aus ihrer gewohnten Umgebung gerissen worden waren und nicht einmal ihre nächsten Angehörigen darüber informieren durften.

In einer Ecke saß Heierle, der sich sichtlich aufregte. Einem dazugekommenen Kollegen, der erst vor Kurzem die Polizeischule absolviert hatte, sagte er: „So gehen die heute mit Verbrechern um, streicheln und verwöhnen. Ginge es nach mir, wären die schon lange in Untersuchungshaft. Die beiden Motorradfahrer wären nicht hierhergekommen und verunglückt. Immerhin bewies die Anwesenheit der Killer, dass ich von Anfang an auf der richtigen Spur war. Und was passiert jetzt? Die Angeschuldigten werden verhätschelt, verursachen Kosten und binden mehrere Kollegen und Kolleginnen für Tage, wenn nicht Wochen."

Der junge Mann äußerte sich nicht, mit Heierle hatte er noch nie zu tun gehabt, war jedoch vor dessen Launenhaftigkeit schon am ersten Tag gewarnt worden.

„Wir gehen nun ins Besprechungszimmer und befragen Sie nochmals zu den Ereignissen der letzten zwei bis drei Wochen", fuhr Moser fort. „Dann fahren wir zu der Wohnung, in der Sie vorläufig leben werden. Sie erhalten ein Prepaidhandy, mit dem Sie mit uns in Verbindung treten können. Eine Kollegin wird immer in Ihrer Nähe sein, ihr können Sie jederzeit sagen, wenn Sie etwas benötigen, sie wird sich darum kümmern. Außer mit uns dürfen Sie mit niemandem Kontakt aufnehmen.

Morgen werden Sie von zwei Kollegen der Bundespolizei aufgesucht werden. Diese sind zuständig für Fälle, bei denen organisierte Kriminalität vermutet wird. Sie werden Sie als Zeugen befragen; denken Sie an Ihr Recht, Aussagen zu verweigern, wenn Ihnen die Fragen zu privat erscheinen."

„Und wie lange, denken Sie, müssen wir uns verkriechen? Wird unser Kind in Gefangenschaft geboren werden? Was, wenn ich medizinische Hilfe benötige?", fragte nun Denise.

„Je nachdem, was unsere Ermittlungen ergeben, eine Woche, einen Monat … Wir sind bestrebt, die Maßnahme nur so lange auszudehnen, bis wir sicher sein können, dass Ihnen keine Gefahr droht."

„Wie soll ich wochenlang in einer Wohnung eingesperrt sein, ohne den Koller zu kriegen. Ohne Beschäftigung, wer da nicht schon vorher spinnt, tut es spätestens nach drei Tagen. Bei dem Gedanken wird mir angst und bange", regte sich Luigi auf.

„Wir werden alles tun, um Ihren Aufenthalt so angenehm wie möglich zu gestalten.

„Herr Nardo, Sie begleiten mich zur nochmaligen Befragung. Frau Nardo, Sie werden von Frau Bühler befragt."

Die Interviews ergaben nichts Neues, wie Moser und Bühler sich anschließend eingestehen mussten. Es gab keine Abweichung, auf der die Zeugen in irgendeiner Weise hätten festgenagelt werden können.

Gegen neun fuhr ein grauer Kleinbus von Aarau ins Fricktal. In gebührendem Abstand folgte ein neutraler Wagen, dessen Insassen darauf zu achten hatten, ob irgendjemand dem Bus folgte.

Ohne Zwischenfall ging die Fahrt durch den Bötzbergtunnel ins Fricktal bis zu einer nahe am Rhein gelegenen, neueren Überbauung. In einem Haus mit vielen kleinen Wohnungen, deren Namenschilder jeweils nur mit der Nummer des Stockwerks und einem Buchstaben versehen waren, fuhren sie mit dem Aufzug in die sechste Etage. An der Wohnungstür stand die Nummer 6/G.

Es handelte sich um eine Dreizimmerwohnung mit allem darin, was man zum Leben brauchte. Wäsche, Möbel, Fernseher, Bücher im Regal, Geschirr in der Küche.

Moser führte sie durch die Räume. „Das ist Ihre vorläufige Bleibe. Außer dieser und der Nebenwohnung sind alle Appartements hier an Angestellte einer Basler Chemie-Gesellschaft vermietet. Kurzaufenthalter, die bis zu drei Monate hier wohnen, bevor sie wieder in ihr Heimatland reisen. Die Bewohner wechseln fast täglich und das Haus bietet einen hotelähnlichen Service. Den allerdings werden Sie nicht beanspruchen. Wir sorgen mit unserem eigenen Personal für Ihr Wohlergehen." Er versuchte ein aufmunterndes Lächeln. „In der Wohnung nebenan werden sich die Kollegen und Kolleginnen, die für Ihre Sicherheit zuständig sind, aufhalten. Über den Hörer neben der Tür sind Sie automatisch mit ihnen verbunden.

Wie Sie sehen, ist der Kühlschrank gefüllt, eine Schale mit Obst finden Sie auf dem Wohnzimmertisch. Ruhen Sie sich aus. Morgen meldet sich die für Sie zuständige Kollegin. Halten Sie sich daran, keine Telefonate, auch nicht mit Leuten, die Ihnen nahestehen."

Auf der Rückfahrt rief Moser die zentrale Überwachung des Tunnels an und ließ sich bestätigen, dass ihnen bei der Durchfahrt kein nicht-identifizierbares Fahrzeug gefolgt war.

Mittwoch

Um halb sieben stand ein Kleinbus, durch seine großen Lettern an der Seite als Pressewagen erkennbar, auf dem Besucherplatz zur Überbauung Im Paradies.

Das Ding-Dong an der Wohnungstür der Nardos klang ins Leere. Der Pressemann und seine Assistentin, die eine riesige Kamera trug, standen vor der Tür und begriffen lange nicht, dass es niemanden gab, der ihnen zu dieser unanständig frühen Tageszeit öffnen würde.

„Verdammt noch mal, die haben Lunte gerochen, sind ausgeflogen und boykottieren unsere Arbeit. Da muss jemand sein, der ihnen was gesteckt hat. Auch das werden wir rausfinden."

Auf dem Schreibtisch von Dr. Santori lagen, als er gegen acht Uhr in sein Büro trat, die vier Tageszeitungen, die er abonniert hatte. Die Berichte über den missglückten Anschlag auf Nardo vom Sonntagabend lösten bei ihm eine heftige Magenkolik aus. Er fluchte über die Stümper, die im Zuge dieses Einsatzes ihr Leben verloren hatten. Etwas Neues konnte er den Zeitungen nicht entnehmen.

Mit seinem Prepaidhandy rief er eine Nummer in Italien an und vereinbarte mit Codeworten einen Anruf, der später am Tag an eine dafür vorgesehene Telefonnummer erfolgen sollte.

In Freizeitkleidung, eine Schirmmütze auf dem Kopf ging er zu Fuß zum Zürcher Hauptbahnhof. Kaufte sich eine Fahrkarte zweiter Klasse und bestieg den Zug nach St. Gallen. Dort stieg er um in die Bahn nach Appenzell. In Gais verließ er den Zug. Durch seine Organisation hatte er von einer noch in Betrieb stehenden öffentlichen Telefonzelle erfahren, in deren Umgebung keine Überwachungskameras montiert waren.

Punkt 13:15 Uhr wählte er die Nummer des Apparates einer Telefonzelle in der Stazione di Napoli Centrale.

Er ließ es zweimal klingeln und legte den Hörer auf. Nach einer Minute klingelte der Apparat der Kabine, in der er stand.

Nun redete er Klartext. Ein Donnerwetter entlud sich durch die Drähte nach Italien. Den Mann am anderen Ende beschimpfte er als unfähigen Dilettanten, dem Fehler unterliefen, wie sie nur ein Anfänger machen könne. Zum Glück seien die beiden Stümper mundtot, der Herr empfange Sie gnädig. Es sei nicht im Sinne der Familie, in der Schweiz jemanden mit spektakulären Aktionen umzubringen. So was mache man hier diskret, sodass es wie ein

Unfall oder Suizid aussehe. Die Aktion habe die Organisation in die Schlagzeilen gebracht. Das Letzte, was geschehen dürfe. Als Länderchef verlange er, dass bis auf Weiteres keine Aktionen im Fall Nardo unternommen würden. Ohne eine Antwort abzuwarten, kappte er die Verbindung, kehrte zum Bahnhof zurück und fuhr auf der gleichen Strecke, wie er gekommen war, zurück nach Zürich.

Donnerstag

Die erste Nacht in der unfreiwillig bezogenen Wohnung verlief unruhig. Luigi versuchte die wenigen hörbaren Geräusche, im Haus zu interpretieren. Stand mitten in der Nacht auf und traf Denise weinend am Küchentisch an. Es war ihr genauso ergangen, der Schlaf wollte sich nicht einstellen. Zu sehr hatten sie die Ereignisse der vergangenen Tage aufgewühlt, und den spontanen Umzug in eine fremde Wohnung hatte sie längst nicht verdaut. Er setzte sich neben Sie und versuchte sie zu beruhigen und zu trösten. So kannte er seine Frau gar nicht. Zu viel war in diesen wenigen Tagen über sie hereingebrochen. Sie war bereits im achten Monat schwanger und jedes neue Ereignis verstärkte ihre Angst, das Baby könne Schaden nehmen. Ihre Befürchtungen waren nicht mögliche Anschläge auf ihrer beider Leben. Sie fürchtete um ihre wirtschaftliche Existenz. Man hatte ihre Pläne zunichtegemacht. Nichts mehr schien so, wie sie es sich gewünscht hatten.

Luigi erwies sich als schlechter Tröster, ihm mangelte es an Erfahrung darin. Er war selbst unsicher und wusste nicht, wie es für sie weitergehen sollte. Schließlich konnte er Denise dazu bewegen, sich wieder ins Bett zu legen.

Gegen acht klingelte die Polizistin an der Tür, sie brachte frisches Brot und Milch und kündigte den Besuch der beiden BuPo-Beamten für zehn Uhr an.

Auch nach einer Dusche und dem Auflegen eines dezenten Make-ups wirkte Denise verschlafen und unruhig, als Fidler und seine Kollegin Anne Vogel sie aufsuchten.

Denise bot ihnen Kaffee an und wollte sich anschließend in das dritte Zimmer mit seiner spartanischen Einrichtung zurückziehen.

Fidler erklärte, dass auch sie nochmals befragt werden müsse, heute von seiner Kollegin. Dazu sollten sie sich in die Nachbarwohnung begeben, während er ihren Mann hier befrage würde.

Denise stöhnte. „Nicht schon wieder, ich denke nicht, dass wir zu diesem Fall noch irgendetwas beitragen können."

„Sie wissen nicht, wie oft wir durch eingehendes Befragen und Analysieren schon Sachverhalte erfahren haben, die schlussendlich zur Lösung eines Falls geführt haben."

Doch auch die intensive eineinhalbstündige Befragung und das Wiederholen derselben Fragen in einem anderen Kontext brachten keine neuen Erkenntnisse.

Die beiden Bundesbeamten verglichen später die Aussagen von Luigi und Denise miteinander. Fidler meinte: „Mein Bauchgefühl sagt mir, dass die beiden sauber sind; unfreiwillig und ohne eigenes Zutun sind sie in eine lebensgefährliche Lage geraten. Bis auf Weiteres sollten die Schutzmaßnahmen aufrechterhalten werden."

Nach einer längeren Phase, in der die beiden in ihren Protokollen blätterten, meinte Anne Vogel plötzlich, ihr sei noch etwas eingefallen.

„Nardo ist bei einem Möbelschreiner angestellt, die liefern nach Maß gefertigte Möbel zu ihren Kunden. Es könnte doch sein, dass Nardo bei einem Kunden etwas gesehen hat, dem auch er keine Beachtung geschenkt hat. Vielleicht hatte ein Kunde etwas in seiner Wohnung versteckt, von dem niemand wissen durfte, und meinte nun, Nardo könne ihn verraten oder weitererzählen, was er gesehen hatte."

Fidler runzelte die Stirn. „Das ist etwas dünn und hypothetisch, wir sollten es aber dennoch überprüfen."

Sie riefen Luigi nochmals zu sich. Diesmal saß er den beiden Polizisten gegenüber.

„Wir sind beide davon überzeugt, dass Sie keine Straftat begangen oder geplant haben", erklärte die Polizistin. „Wir denken auch nicht, dass Sie einer kriminellen Organisation angehören. Auf unserer Suche nach einem Motiv, das jemand haben könnte, Sie umzubringen, sind wir auf etwas gestoßen, das bisher nicht beleuchtet wurde."

„Worauf wollen Sie hinaus?"

„Als Möbelschreiner sind Sie oft in fremden Häusern. Liefern, reparieren, ändern. Haben Sie im Laufe der letzten Monate im Haus eines Kunden irgendetwas Ungewöhnliches gesehen? Etwas, das Ihnen eigenartig vorkam. Überlegen Sie, möglicherweise ist Ihnen eine Skulptur, ein Bild oder sonst ein

Gegenstand aufgefallen, den Sie in der betreffenden Wohnung nicht erwartet hätten. Oder hat der Eigentümer rasch etwas verschwinden lassen, als Sie sein Haus betraten?"

Luigi überlegte, ging im Kopf die Aufträge der letzten Monate durch. die ihn in die Häuser von Kunden geführt hatten.

Nach reiflichem Überlegen musste er passen. „Mir kommt auf die Schnelle nichts in den Sinn. Es ist wie ein Blackout, mein Hirn versagt und ich sehe nur die Bilder der letzten zwei Wochen, Bilder, die ich sicher nie vergessen werde."

„Lassen Sie sich Zeit. Mein Kollege Moser wird sich übermorgen bei Ihnen melden, vielleicht gibt es bis dahin eine Erleuchtung."

Sie packten ihre Sachen zusammen, verabschiedeten sich und ließen die Nardos ratlos zurück.

Um vier Uhr am Nachmittag hatte der Pressesprecher der Kantonspolizei die angekündigte Pressekonferenz eröffnet.

Einzig Moser begleitete ihn.

„Wir können folgende Erkenntnisse zum Unfall der beiden Motorradfahrer bekannt geben:

Beide Opfer konnten dank der Zusammenarbeit mit unserem Kollegen in Italien identifiziert werden.

Die Leichen werden von den italienischen Behörden abgeholt und den Angehörigen übergeben.

Beide haben Einträge wegen Raub, Diebstahl und schwerer Körperverletzung und waren vermutlich an Mordanschlägen beteiligt.

Die Waffe, die am Unfallort gefunden wurde, kam bei einem Verbrechen in Italien zum Einsatz.

Weshalb sich die beiden in der Schweiz aufhielten, ist bisher noch nicht geklärt.

Gibt es Fragen?" Unzufrieden mit den aus ihrer Sicht dürftigen Informationen begehrten die Anwesenden auf. Erst als sich die Wogen etwas geglättet hatten, gaben Moser und der Sprecher dem ersten Fragesteller das Wort.

„Die magere Kost, die Sie uns hier servieren, beinhaltet nichts Neues. Darauf sind wir ohne die Polizei gekommen. Unsere Leser wollen Fakten. Zum Beispiel eine Antwort auf die Frage, was für ein Zusammenhang zwischen dem sogenannten Unfall und dem Ehepaar Nardo besteht. Wo befinden sich die beiden. Ist der Polizei der Aufenthaltsort bekannt. Sind sie in U-Haft genommen worden. Was wird ihnen vorgeworfen? Das, meine Herren, wären Informationen, wie wir sie von Ihnen erwarten. Es scheint, dass die Angelegenheit von der Ermittlungsbehörde als Bagatelle behandelt wird, sonst wäre der Chef selbst anwesend und hätte nicht subalterne Leute vorgeschoben."

Moser tauschte einen Blick mit seinem Kollegen und schüttelte den Kopf. Er entgegnete, darauf habe er nichts zu sagen. Der Pressesprecher schluckte leer, derselbe Journalist hatte ihn schon mehrfach in dieser Form angegriffen.

Eine Journalistin konnte die Frage anbringen, ob an den Vermutungen, die beiden Gangster hätten am Sonntagnachmittag für einen geplanten Überfall geübt, etwas dran sei. Dies sei bislang eine reine Theorie, entgegnete Moser und wechselte das Thema.

„Über das Ehepaar Nardo gibt es nichts zu berichten. Selbstverständlich ermitteln die Fahnder, was den tödlichen Unfall angeht, in alle Richtungen. Sobald es neue, gesicherte Erkenntnisse gibt, werden wir Sie darüber in Kenntnis setzen."

Einen Seitenhieb gegen den aggressiven Reporter konnte er sich jedoch nicht verkneifen, und so schloss er die Veranstaltung mit den Worten: „Auch als untergeordneter Beamter bin ich berechtigt, die Orientierung hier zu beenden. Danke, meine Damen und Herren."

Moser und sein Kollege ignorierten die Rufe der unzufriedenen Journalisten, beide verließen den Raum.

Donnerstag

Das frische Brot zum Frühstück brachte eine andere Beamtin: Niki, eine Frau in Denise Alter und selbst etwa im fünften Monat schwanger. Ihre Kollegin feiere derzeit einige Überstunden ab, für die nächsten vier Tage sei sie daher während der Tagesschicht für sie zuständig.

In der Nacht hatten Luigi und Denise darüber gesprochen, dass es in ihrem Umfeld Leute gab, die sich ängstigten oder sonst ein Recht hatten, zu wissen, dass sie wohlauf seien. Deshalb baten sie Niki, man solle doch bitte Luigis Mutter entsprechend informieren. Auch Luigis Arbeitgeber habe ein Recht zu wissen, weshalb er nicht zur Arbeit erschien.

Die Polizistin nickte. „Ich werde nachher mit unserem Sachbearbeiter in Aarau darüber sprechen. Gibt es sonst noch etwas, das ich weiterleiten soll?"

„Nein, am liebsten wäre es uns, wenn wir wieder in unserer gewohnten Umgebung leben könnten", erwiderte Denise.

Freitag

Moser zeigte Verständnis für das Anliegen und erhielt im Laufe des Morgenrapportes grünes Licht, mit den benannten Personen zu reden.

Eine junge, erst kürzlich als Polizistin vereidigte Kollegin fuhr ihn in einem Streifenwagen zuerst ins Ruedertal. Sie parkte vor dem Haus von Luigis Mutter. Moser, in Zivil, musste mehrmals die Türglocke drücken, bis er im Innern ein langsames Schlurfen hörte. Alte, verweinte Augen schauten ihn durch den knapp geöffneten Türspalt an. „Sind Sie von der Zeitung? Was wollen Sie?"

„Nein, ich bin nicht von einer Zeitung", erklärte er, „ich bin Albert Moser, Wachtmeister der Kantonspolizei. Darf ich hereinkommen?"

„Das kann jeder sagen, Sie sind nicht der Erste, der sich als Beamter Eintritt verschaffen will. Am Tag darauf durfte ich meine Angaben dann in der Zeitung lesen."

Moser entnahm seinem Portmonee den Dienstausweis und hielt ihn der Frau hin.

„Warten Sie, ich habe meine Brille in der Küche liegen, nur einen Moment." Die Tür fiel ins Schloss und öffnete sich erst nach längerem Warten wieder. „Zeigen Sie mir nochmals Ihren Ausweis." Sie nahm sich Zeit, um die Identität des Besuchers genau zu prüfen.

Endlich öffnete sich die Tür ganz. „Kommen Sie herein."

Nachdem Moser sich vergewissert hatte, dass er Luigis Mutter gegenüberstand, erklärte er ihr, dass er im Auftrag ihres Sohnes hier sei. Darauf entspannte sich Frau Nardos von Kummer gezeichnetes Gesicht.

Sie bat den Besucher, in der mit Möbeln aus der Zeit ihrer Heirat eingerichteten Stube Platz zu nehmen. Bot ihm einen Kaffee aus der Kanne an. Moser setzte sich an den Tisch. In den wässrigen Augen der alten Frau las er die Angst vor dem Ungewissen, das sich nun vielleicht aufklären würde.

„Frau Nardo, was ich Ihnen berichte, dürfen Sie niemandem erzählen, es dient zum Schutz Ihres Sohnes und Ihrer Schwiegertochter."

Mehr als ein zustimmendes Nicken konnte sie nicht erwidern.

Moser informierte sie darüber, weshalb ihre Nächsten unter Schutz gestellt worden waren. Er erklärte, dass diese Maßnahme vorübergehend sei und in keiner Weise als Bestrafung verstanden werden dürfe.

Wo sie sich befänden, dürfe er ihr nicht sagen. Nochmals ermahnte er sie, das eben Gehörte für sich zu behalten. Er gab ihr seine Karte mit dem Hinweis, dass sie ihn jederzeit anrufen dürfe, wenn sie sich unsicher fühle oder jemand sie bedränge.

Dass ihren nächsten Angehörigen nichts Schlimmes passiert war, beruhigte sie. Ihre Frage, weshalb es so weit gekommen sei und wovor die zwei geschützt werden müssten, durfte Moser nicht beantworten.

Bevor er sich verabschiedete, gab sie ihm ein Glas von ihrer selbst gekochten Konfitüre für Luigi und Denise mit und bat

Moser, die beiden zu grüßen. Sie begleitete den Polizisten zur Tür und verabschiedete ihn weinend.

Auf den wenigen Metern zum geparkten Auto beobachtete er einen jungen Mann, der ihn mit seinem Handy fotografierte und dann in einer schmalen Gasse verschwand.

„Wir fahren direkt zurück ins Quartier, ich könnte mich selbst ohrfeigen für diesen Anfängerfehler", erklärte er der jungen Polizistin, die im Wagen auf ihn gewartet hatte. „Mit einem Streifenwagen hierherzufahren, eine halbe Stunde vor dem Haus zu parken, das erregt natürlich Interesse. Besonders in einem Fall, der durch alle Medien geschleppt wurde."

Den Besuch in der Schreinerei, in der Luigi angestellt war, verschob er auf den frühen Nachmittag.

Diesmal kam er allein und in einem Privatwagen. Sein Plan, unangemeldet den Chef sprechen zu wollen und sich am Empfang nicht als Polizeibeamter auszuweisen, brachte einige Hürden mit sich, die es erst zu überwinden galt. Er verwickelte die Empfangsdame namens Rose Burri, wie ein Namensschild auf der Theke verkündete, in ein Gespräch über Gott und die Welt und erfuhr bald, dass die Dame mit dem Inhaber liiert war. Schließlich outete er sich als Fahnder und wurde umgehend zum Chef vorgelassen.

„Sie kommen wegen Nardo, eine schlimme Sache für uns, geschäftsschädigend und kostenintensiv. Der Mann ist für mich nicht mehr tragbar. Seit Tagen höre ich nichts von ihm, er ist einfach abgetaucht. So etwas ist Grund für eine fristlose Kündigung." Mit gerötetem Gesicht schrie er sich seine Wut von der Seele.

Moser bat ihn, sich zu beruhigen, sein Besuch solle genau diesen Sachverhalt klären. Wie am Morgen bei Luigis Mutter verlangte er auch von Bruno Frei absolute Diskretion. Dann informierte er ihn über die Gründe für Nardos Abwesenheit. Darüber hinaus machte er ihn darauf aufmerksam, dass damit auch die Argumente für eine Kündigung wegfielen.

Noch am frühen Abend ließ er die Nardos wissen, dass er sie am Montagmorgen besuchen wolle.

Samstag

Dem Leserreporter aus dem Ruedertal gelang es nur bei einer einzigen Onlinezeitung, seine Handybilder für zwanzig Franken zu verkaufen. Zu seiner Enttäuschung hatten die Zeitungsleute kein Interesse, der Frage nachzugehen, was die Polizei bei Frau Nardo gewollt habe. Andere Themen machten Schlagzeilen.

Im Gefängnis, wie Denise und Luigi die Wohnung, die sie nicht verlassen durften, nannten, schien ihnen die Decke auf die Köpfe zu fallen. Mit jedem Tag sahen sie weniger Sinn in dieser Maßnahme. Die Langeweile wurde immer unerträglicher. Denise fehlte die Bewegung, zu der ihr der Frauenarzt geraten hatte. Sie wollte raus, spazieren gehen, sich unter andere Leute begeben. Luigi, der nie ein großer Freund von Büchern und Zeitschriften gewesen war, fand keine Ruhe. Vom Fernsehen hatte er gerötete Augen. Schlaflosigkeit ließ die Nächte nie enden wollen.

Sie besprachen sich mit der Betreuerin und bereiteten sich auf den angekündigten Besuch von Moser vor. Eine andere Lösung musste gefunden werden. Ein Aufenthalt an einem Ort, wo sie sich bewegen konnten.

In einer E-Mail an Moser beschrieb Niki die Sorgen des Ehepaars. Ihr persönlicher Eindruck zur gegenwärtigen Situation brachte Moser dazu, vor der Fahrt ins Fricktal mit seinem Vorgesetzten ein Gespräch darüber zu führen. Nach Rücksprache mit Fidler von der BuPo fanden sie eine Lösung, die dem Paar entgegenkam.

Montag

Wie erwartet fand Moser die zwei in einer deprimierenden seelischen Verfassung vor. Ein kurzer heller Moment, als er Luigi die Konfitüre seiner Mutter mit deren besten Grüßen übergab, konnte die allgemeine Stimmung nicht bessern.

Er sagte, er habe von Niki erfahren, wie sehr der Aufenthalt in der geschlossenen Wohnung ihnen aufs Gemüt schlage. Auch Denise Schwangerschaft sei Grund genug für eine Veränderung der Wohnsituation.

Er gehe davon aus, dass die Sicherheitsmaßnahmen noch etwa drei Wochen andauern würden. Der Bundespolizei stehe in einem kleinen Ferienort im Berner Oberland eine Wohnung für Gäste zur Verfügung. Im Chalet wohne ein Arzt, dessen Praxis sich im Dorf befinde. Das Haus werde diskret mit verschiedenen gut kaschierten Kameras kontrolliert. Luigi und Denise würden mit Schminke und anderen Mitteln so weit verändert, dass sie niemand erkennen werde. Im Dorf dürften sie sich frei bewegen, auch könnten sie in einem der zwei dort vorhandenen Restaurants zum Essen gehen. Der Arzt sei über die Umstände ihres Aufenthaltes informiert und würde, sofern notwendig, ärztliche Hilfe anbieten.

„Morgen bringt Sie eines unserer Fahrzeuge dorthin. Nach wie vor gilt allerdings: keine Kontakte zu Ihnen bekannten Personen."

Denise durchfuhr ein Seufzer der Erleichterung. Luigi fragte, ob auch in der Wohnung Kameras seien. Moser verneinte. Für passende Kleidung sei aber gesorgt worden.

Der Fahnder kam zurück auf seine Bitte, die er in der vorhergehenden Woche an Luigi herangetragen hatte.

„Haben Sie sich Gedanken über die Kunden gemacht, bei denen Sie in letzter Zeit im Haus waren?"

„Ich hatte viel Zeit zum Nachdenken", sagte Luigi. „Dabei kam mir ein Kunde in den Sinn, der speziell war. Wir mussten eine Klimaanlage im Haus verkleiden und sie gleichzeitig gegen Lärm dämmen. Die Villa steht in einem alten Viertel, nichts Außergewöhnliches. In den beiden Zimmern, in denen wir arbeiteten, hingen viele Bilder, an den Wänden und auch an speziellen Gestellen im Raum. Es kam mir vor wie eine Sammlung oder ein Lager für Kunstwerke. Bei einigen Bildern hatte ich das Gefühl, schon Ähnliches gesehen zu haben. Eines blieb mir im Gedächtnis haften. Es zeigte eine Figur mit einem Kopf ohne Gesicht, nur mit einem großen, offenen Mund. Einige Wochen später war das Bild in der Zeitung abgebildet. Es sei in einem Museum in Skandinavien gestohlen worden. Im Bericht hieß es aber, dass es drei weitere Bilder dieser Art gebe, weshalb ich mich nicht mehr damit beschäftigte. Der Besitzer des Hauses ist ein Herr Grossi. Seit dem Auftrag vor etwa einem Jahr habe ich nichts mehr von diesem Kunden gehört."

„Wo wohnt dieser Grossi?"

„Die genaue Adresse ist mir entfallen, das Haus steht in Meisterschwanden am Hallwilersee."

„Noch etwas, waren Sie allein mit diesen Arbeiten im Haus beschäftigt?"

„Nein, es waren noch zwei Kollegen aus dem Betrieb mit dabei."

Moser verabschiedete sich und wünschte einen erholsamen Aufenthalt im Berner Oberland. Im Laufe der kommenden Tage werde sich ein Kollege der BuPo bei ihnen melden und sich nach ihren Bedürfnissen erkundigen.

Dienstag

Kurz nach dem Frühstück meldete Niki, dass das Fahrzeug, in dem Sie umziehen sollten, unten in der Tiefgarage bereitstehe. Ihre wenigen Habseligkeiten packten sie in einen Koffer. Niki brachte sie mit dem Lift nach unten und übergab sie dem Beamtenteam in Zivil. Diese stellten sich als Herr Baumann und Frau Soller vor.

Die Nardos verabschiedeten sich und dankten für ihre Betreuung. Während sie Richtung Bern gefahren wurden, stellte Moser seinen Bericht ins Intranet.

Kaum zehn Minuten später stürmte Heierle in sein Büro.

„Da haben wir es, schon wieder so ein Gauner. Einer, der Bilder stiehlt und sie womöglich als Hehler weiterverkauft. Einer, dessen Name schon verdächtig ist. Ich frage mich, wie lange es noch dauert, bis ihr den Nardo in Haft nehmt. Der Kerl ist ein Mafioso, und ihr verwöhnt ihn und seine Frau auf Staatskosten. Läge es an mir, der wäre in U-Haft und nicht im bezahlten Urlaub."

„Heierle, das ist deine Meinung und du liegst falsch. Zum Glück bist du für diesen Fall nicht zuständig. Das Ehepaar müsste noch mehr leiden, als es bisher der Fall ist. Die sind unschuldig in eine Sache geraten, mit der sie überhaupt nichts zu tun haben."

„Ihr werdet euch noch wundern, was über diese Leute noch alles herauskommt. Aber auf einen alten, erfahrenen Polizisten mit der besten Spürnase im Verein hört man nicht. Ihr werdet euch noch alle blamieren mit eurer Vorgehensweise."

Moser ärgerte sich über seinen älteren Kollegen und fuhr ihn an, er solle sich mit seinen Fällen befassen und gehen."

Doch der Stachel blieb. War Nardo am Ende tatsächlich so clever, dass er sich nie nur im Geringsten in Widersprüchen verstrickte. Nein, so schlau war der nicht.

Vor Bern verließ Baumann, der den Opel steuerte, die Autobahn Richtung Stadtzentrum.

„Weshalb fahren wir nicht auf der Autobahn ins Oberland?", wollte Luigi wissen.

„Wir bringen Sie in unser Kosmetikinstitut. Dort erhalten Sie ein neues Aussehen, Perücken und Anweisungen, wie Sie sich zu schminken haben. Dann erhalten Sie neue Personalpapiere und ein Taschengeld, das für die nächsten drei Wochen genügen sollte. Nach einem Mittagessen in unserer Kantine bringen wir Sie in Ihr künftiges Domizil."

Im Einwohnerverzeichnis von Meisterschwanden gab es eine Frau Anita Grossi, die Dame lebte in einem Haus mit Blick auf den See. Moser bat Dolores, ihn nach der Mittagspause zu begleiten.

„Soll ich unseren Besuch anmelden? Möglicherweise wird unsere Fahrt zum Flop, es ist niemand zu Hause und wir kehren unverrichteter Dinge wieder zurück."

Moser schüttelte den Kopf. „Das Risiko gehe ich ein, wir müssen vermeiden, dass in letzter Sekunde relevante Beweismittel verschwinden."

Gegen zwei Uhr parkte Dolores den Wagen auf dem Parkplatz der Villa. Diesmal hatten sie kein Polizeifahrzeug genommen.

Bevor sie den Klingelknopf drücken konnte, öffnete ihnen eine gepflegt wirkende Frau um die fünfzig die Tür.

„Sie sind früh dran, ich dachte, Sie hätten Ihren Besuch für drei Uhr angemeldet." Überrascht schauten sich die beiden Beamten an. „Hat uns jemand hinter unserem Rücken angemeldet? Spielt da einer ein falsches Spiel?", fragte sich Moser.

„Sind Sie Frau Grossi?", wandte er sich dann an die Dame. „Ja, die bin ich und Sie sind die Leute von der Immobilien-Agentur, die mein Haus verkaufen wollen." „Nein, die sind wir nicht, ich bin Wachtmeister Moser und das ist meine Kollegin Dolores Bühler, dürfen wir reinkommen?"

„Ich weiß zwar nicht, was Sie von mir wollen, der Unfall meines Mannes vor einem halben Jahr ist zweifellos aufgeklärt, doch bitte treten Sie ein und sagen Sie, was Sie von mir hören wollen."

Sie führte die beiden in einen geschmackvoll eingerichteten Salon und forderte sie auf, sich zu setzen. An den Wänden hingen einige Bilder von Berglandschaften, auf dem Sideboard standen zwei Holzskulpturen.

„Was führt Sie zu mir?"

„Es tut mir leid, Sie das fragen zu müssen, aber wie ist Ihr Mann verunglückt? Mir ist davon nichts bekannt, Sie haben es erst angesprochen."

„Schon möglich, dass Sie das ohne vorherige Recherche nicht wissen können. Mein Mann versuchte, sich vor sechs Monaten das Leben zu nehmen. In unserer Ferienwohnung im Engadin schoss er sich mit seiner Jagdflinte in den Kopf. Seitdem ist er ein schwerer Pflegefall und liegt in der Psychiatrischen. Das ist auch der Grund, weshalb ich das Haus hier verkaufen muss. Das alles bringt enorme Kosten mit sich und unser Vermögen hatte er vor seiner Tat durchgebracht."

„Das tut mir leid, Frau Grossi. Und er hat Ihr ganzes Vermögen verspielt, sagten Sie?"

„Jahrelang sammelte er Bilder von berühmten Künstlern, obwohl er über keinerlei Kunstverständnis verfügte, ließ sich von seinem sogenannten Kunsthändler beraten. Das Ganze sollte einfach der Kapitalanlage dienen. Stolz erklärte er mir, was seine Recherchen ergeben hatten. Wenn wieder mal das Bild eines bekannten Malers auf einer Auktion für viele Millionen verkauft wurde, rechnete er mir vor, auf wie viel sich der Wert seiner Bilder vom gleichen Künstler belaufen würde. Alles, was er erwarb, hatte Zertifikate, mit denen die Echtheit belegt wurde. Auch die Biografie der Werke kannte er bis ins letzte Detail.

Dann erzeugte die Verhaftung eines Fälschers in Deutschland einen riesigen Wirbel. Auf der veröffentlichten Liste der von ihm gemalten und raffiniert mit Echtheitszertifikaten ausgestatteten Werken fand mein Mann all seine als Schnäppchen von mehreren Kunsthändlern erworbenen Bilder. Am Tag darauf fuhr er ins

Engadin und versuchte sich für immer zu verabschieden. Typisch für Ihn, nicht einmal sein Selbstmord gelang ihm."

Während sie erzählte, sank sie immer tiefer in das Sofakissen zurück, sie war dem Weinen nahe, wirkte zerstört und niedergeschlagen.

Moser warf Dolores einen betroffenen Blick zu.

Diese wandte sich an die Frau auf dem Sofa: „Soll ich Ihnen vielleicht ein Glas Wasser holen?"

„Nein, es geht schon, sagen Sie mir nun, was der Grund Ihres unangemeldeten Besuchs ist?"

Moser schluckte. „Es sind die Bilder, die uns in einem anderen Fall beschäftigen. Aber Sie haben mit Ihren Erklärungen unsere Fragen bereits beantwortet. Nur eines interessiert mich noch: Wo sind die Bilder heute?"

„Ich habe sie einem mir bekannten Kunsthändler übergeben. Zuvor habe ich bei allen auf der Rückseite einen unauslöschbaren Hinweis auf die Herkunft der Bilder angebracht. Einige sind, allerdings mit einem deutlichen Verlust, weiterverkauft worden. Es wird dauern, aber ich bin zuversichtlich, in den nächsten Jahren wenigstens einen Teil des Schadens ersetzt zu bekommen."

„Wohin werden Sie nach dem Verkauf des Hauses ziehen?"

„In die Wohnung im Engadin, obwohl ich dort sicher täglich an den Suizidversuch meines Mannes erinnert werde. Aber erstens habe ich die Wohnung von meinen Eltern geerbt und zweitens: Wer kauft eine Wohnung, in der jemand versucht hat, aus dem Leben zu scheiden?"

„Eine letzte Frage habe ich noch. Woher stammt die Familie Grossi?"

„Die Grossi sind waschechte Tessiner, der Urgroßvater meines Mannes war einer der ersten Tessiner Nationalräte. Es gibt noch viele Cousins und Onkel im Sopraceneri, mit denen mein Mann sich regelmäßig traf."

Moser bedankte sich für die offene und glaubwürdige Art der Erzählung. Für ihn sei es nun an der Zeit aufzubrechen, bevor die angekündigten Besucher eintreffen würden.

Auf der Rückfahrt waren sie sich einig: Die Frau war ehrlich, es gab keinen Grund, ihre Darstellungen anzuzweifeln. Weil es zur Gründlichkeit seiner Arbeit gehörte, beauftragte Moser Dolores, sich in der psychiatrischen Klinik in Königsfelden über den Zustand des Patienten Grossi zu erkundigen.

Damit hatte sich ein weiterer Verdacht als Hirngespinst erwiesen.

In Kurzform ließ Moser seine Erkenntnisse über Grossi ins interne Netz stellen. Heierle, dem er kurz darauf auf dem Flur begegnete, blickte demonstrativ zur Seite. Kein Kommentar von dem sonst so redseligen Wachtmeister.

Um kurz nach fünf trafen die Nardos an ihrem Ziel ein. Selbst nahe Freunde oder Bekannte hätten sie kaum erkannt. Luigi blond, eine Brille aus Fensterglas auf der Nase, Denise mit langen braunen, von grau-weißen Strähnen durchzogenen Haaren und markanten Augenbrauen. Ihre Kleidung wirkte unauffällig, eher blass.

In der Wohnung trafen sie auf den Besitzer des Hauses, einen kurz vor der Pensionierung stehenden mittelgroßen, schlanken

Mann. Seine Frau, die etwas jünger war, hatte frische Blumen in einer Vase auf den Wohnzimmertisch gestellt. Sie begrüßten ihre Gäste freundlich und versprachen ihnen, sofern gewünscht, Hilfestellung in allen Belangen.

Nachdem die Polizistin und ihr Kollege sich verabschiedet hatten und die wenigen Habseligkeiten der Nardos in den Schubladen und Schränken verschwunden waren, luden sie Luigi und Denise zum Nachtessen in ihre Wohnung im Erdgeschoss ein.

Während des Essens ließ der Gastgeber durchblicken, dass er über die Gründe, weshalb sie sich für einige Zeit aus dem gewohnten Umfeld hatten ausklinken müssen, informiert war. Ein Gespräch darüber erübrige sich. Andere Themen kamen im Laufe des Abends zur Sprache. Die fortgeschrittene Schwangerschaft, die beruflichen Tätigkeiten und Hobbys.

Zum ersten Mal seit Langem schliefen die Nardos durch und am Morgen fühlten sie sich ausgeruht und bereit für einen Spaziergang ins Dorf und zum Einkaufen im Laden.

Mittwoch

Endlich gab es für Frau Böhm von der Immogiardino einen Erfolg zu melden. Ein Paar aus der Westschweiz hatte den Mietvertrag für eine Wohnung in einem der noch unbewohnten Häuser unterzeichnet. Die Wohnung gefiel ihnen recht gut, für den aus ihrer Sicht hohen Mietpreis wäre jedoch der Luxus einer Toilettendusche zu erwarten gewesen. Das sei kein Problem, entgegnete Frau Böhm, so etwas könne nachgerüstet werden. Ein Kabel für den Strom sei unter den Fliesen vorhanden, konnte sie nach der Rücksprache mit dem Elektroinstallateur bestätigen.

Auf ihre euphorisch geschriebene Mail an die Zentrale erhielt sie umgehend den Dämpfer für ihre Begeisterung. Nun seien drei Wohnungen besetzt, jede in einem anderen Haus, was die Kosten für Pflege und Unterhalt verteuere. Eine der drei Wohnungen sei überdies gekündigt. Was im Gesamten gesehen ein schwacher Leistungsausweis für ihre Tätigkeit sei.

Donnerstag

Dolores hatte sich in der Klinik über den Patienten Grossi erkundigt. Ohne eine richterliche Genehmigung dürfe sie keine Auskunft erteilen, stellte die Dame am Telefon fest. Die Ärztin, zu welcher sie nach langem Insistieren durchgestellt wurde, stellte sich auf denselben Standpunkt.

„Sie müssten lediglich mit Ja oder Nein antworten", versuchte es Dolores erneut.

„Gut, es sei denn, ich wähle die dritte Variante, nämlich: Kein Kommentar."

„Okay, wir haben mit Frau Grossi über ihren Mann gesprochen. Ist es richtig, dass er durch einen selbstverursachten Unfall mit einer Schusswaffe schwere Schädigungen des Gehirns erlitten hat?"

„Ja."

„Besteht die Chance, dass der Patient je wieder ein selbständiges Leben führen kann."

„Nein."

„Danke, Frau Doktor, Sie haben mir sehr geholfen."

„Wenn es das war. Vergessen Sie, von wem Sie diese Auskunft erhalten haben. Auf Wiederhören."

Die kurze Gesprächsnotiz legte Dolores auf Mosers Schreibtisch.

Jan Burger, ein Schüler der Kantonsschule in Aarau, hatte sich für die obligatorische Maturaarbeit in Form einer wissenschaftlichen Nachforschung im Pressewesen entschieden. Nachdem er mehrere Absagen von großen Verlagen erhalten hatte, war es die Redaktion des *Wochenblatts*, die ihm ein Volontariat in ihrem Team anbot.

Am ersten Tag seiner Tätigkeit durfte er verschiedene Artikel über die Ereignisse der vergangenen Monate studieren. Aus diesen sollte er einen auswählen, von dem er dachte, dass es dazu noch nicht gestellte Fragen gebe.

Am Abend hatte er sich auf den Fall des Ohrs im Ablauf einer Dusche entschieden. Er hatte den Eindruck, dass darüber kurz und heftig berichtet worden war. Die Hintergründe waren jedoch von den Medien nicht ausreichend beleuchtet worden.

Der Fall hatte seine Brisanz verloren, neue Vorfälle beschäftigten die Zeitungen und Kriminalisten.

Drei Wochen später

Der Anruf eines Beamten der italienischen Behörde gegen das organisierte Verbrechen bei Fidler entschärfte die Gefahrenlage. Man habe ein Telefongespräch von einem öffentlichen Apparat in die Schweiz mitgehört. Dabei sei es eindeutig um einen Anschlag auf Nardo gegangen. Im Laufe des Telefonates habe der Sprecher in der Schweiz seinen Geschäftspartnern strengstens untersagt, sich weiterhin mit der Person Luigi Nardo zu beschäftigen. Es sei den Beamten gelungen, den Standort des Angerufenen zu lokalisieren, eine Telefonzelle im Kanton Appenzell.

Seine Behörde arbeite bereits daran, den Anrufer zu identifizieren. Allerdings seien die Chancen gering, der Mann habe den Standort für seinen Anruf geschickt gewählt. Diese glaubhafte Aussage ließ Fidler und Moser einvernehmlich zu dem Schluss kommen, dass die Schutzmaßnahmen für das Ehepaar Nardo nicht länger vonnöten seien. Ihnen wurde mitgeteilt, dass sie wieder in ihre Wohnung und an ihre Arbeitsstellen zurückkehren dürften.

Freitag

Gegen Morgen, wenige Stunden bevor sie ein Fahrer der Behörde abholen sollte, verspürte Denise heftige Schmerzen im Unterleib. Der hinzugerufene Doktor befand, dass ihre Symptome die Geburt des Babys ankündigten. Drei Wochen früher als erwartet.

Sie kleidete sich an, packte einige persönliche Sachen in eine Tasche und ließ sich von ihrem Mann zum Auto des Arztes führen. Erstmals seit zwei Wochen ohne Perücke und ungewohnte Schminke außer Haus, fühlte sie sich befreit von den Einschränkungen der letzten Wochen.

Auf der Fahrt ins Spital legte Luigi zärtlich seinen Arm um sie. „Alles wird gut, du wirst sehen, unser Kind bringt uns dahin zurück, wo wir vor zwei Monaten waren. Noch mehr, wir werden endlich eine glückliche Familie sein."

„Ja, ich hoffe es, wenn nur nicht wieder jemand ein böses Spiel mit uns treiben will", erwiderte sie, kurz bevor sie von einer anrollenden Wehe übermannt wurde und sich vor Schmerzen krümmte.

Kurz vor Mittag gebar Denise ihre Tochter Nina. Trotz der vielen Sorgen und Ängste, die sie in den letzten Wochen heimgesucht hatten, war das Kind gesund und munter.

Die Ärztin der Kinderabteilung teilte ihnen mit, dass einer Entlassung am vierten Tag nach der Entbindung nichts entgegenstehe.

Luigi telefonierte mit Moser und berichtete ihm von dem freudigen Ereignis. Außerdem erklärte er, dass er am nächsten Tag mit der Bahn nach Hause fahren wolle, um dort sein eigenes Auto zu holen. Den Fahrdienst der Polizei wolle er nicht mehr in Anspruch nehmen.

Moser gratulierte zur Geburt. Er sei einverstanden, finde die Idee sogar gut. Irgendwie müssten sie ja wieder in ein geregeltes Leben zurückfinden. Luigi solle sich bei ihm melden, wenn sie wieder in Biswil wohnen würden.

Gleich am Tag darauf fuhr Luigi, nachdem er seine Frau besucht hatte, mit der Bahn nach Thun und über Bern und Aarau nach Biswil. Er genoss die Fahrt, fühlte sich unbeobachtet. Selbst im Zug durchs Wynental erkannte ihn niemand.

In der Wohnung schien alles, wie sie es verlassen hatten. Einzig ein süßlicher Duft lag in der Luft. Er öffnete die Fenster, frische Luft vertrieb die abgestandene. Jetzt glaubte Luigi, sich an den beim Betreten der Wohnung empfundenen Geruch erinnern zu können. Frau Böhm umfing immer eine süßliche Wolke. Schon bevor sie sichtbar wurde, war sie da, und auch lange, nachdem sie gegangen war, blieb ihr Duft zurück.

Was hatte die in ihrer Wohnung zu suchen? Das geht nicht, das muss sie mir begründen, dachte Luigi. Er nahm sich vor, sie darauf anzusprechen, jedoch nicht mit Denise darüber zu reden.

Auf dem Küchentisch lag der frankierte Briefumschlag, den Denise kurz vor der überstürzten Abreise zum Versenden bereitgelegt hatte. Habe ich nun wegen der üblen Umstände die Widerspruchsfrist verpasst, fragt er sich. Dennoch, er würde beweisen können, dass er nicht in der Lage gewesen war, ihn fristgerecht abzuschicken. Er nahm den Brief an sich, in der Absicht, ihn bei der Rückfahrt im Nachbardorf zur Post zu bringen.

Er nahm den Autoschlüssel aus der Schublade in der Küche, wo er ihn stets aufbewahrte, und ging die Treppe hinunter zur Tiefgarage. Nur sein Auto stand verlassen dort unten. Er erschrak, als er die Graffitis entdeckte. Auf die Heckscheibe war mit roter Farbe das Wort „Mafioso" gesprüht worden, und auf der Windschutzscheibe prangte der Schriftzug: „Geh nach Italien, wo du hingehörst."

Wer tut so etwas, wer hat Zugang zur Tiefgarage, hört denn das nie auf, waren seine ersten Gedanken. Soll ich jetzt die Polizei rufen und Anzeige gegen unbekannt erstatten? Nein, er wollte nicht noch einmal die Aufmerksamkeit des ganzen Ortes auf sich ziehen.

Er hatte die Absicht, sich vor der Rückfahrt in der Firma zu melden und seinem Chef anzukünden, dass er nächste Woche wieder mit ihm rechnen könne.

Nach einigem Abwägen entschied er sich, mit dem Rad dorthin zu fahren und von dort eine Flasche mit Farbverdünner mitzunehmen.

Als er ins Freie trat, sah er vor dem Haus mit der Nummer 4 das Auto eines Elektroinstallateurs stehen.

Kurz nach der Mittagszeit betrat er den Vorraum zum Chefbüro. Überrascht von seinem unerwarteten Erscheinen begrüßte Rose ihn freudig. Wie es ihm ergangen sei und wie Denise die schwierige Zeit überstanden habe, wollte sie erfahren und ließ ihn dabei kaum zu Wort kommen.

„Stell dir vor, ich bin gestern Vater geworden, Denise hat uns mit Nina ein gesundes Kind geboren", sagte Luigi. „Ende der Woche kann sie nach Hause und wir können zurück in unsere Wohnung; wir freuen uns, in die Normalität zurückkehren zu dürfen."

Sie umarmte ihn und gratulierte von Herzen.

Der Lärm, den seine Freundin und Vorzimmerdame aufführte, lockte Frei aus seinem Büro. Aha, der Nardo war da. Bevor dieser jedoch zu Wort kam, rief Rose auch schon: „Er ist Vater einer Tochter geworden und kommt nächste Woche wieder zur Arbeit!"

Der Chef nickte. „Das wird auch Zeit, zuerst auch von mir herzlichen Glückwunsch, ist alles gut gegangen, wie geht's Denise?"

Luigi fiel ein Stein vom Herzen, niemand machte ihm irgendwelche Vorwürfe, weil er so lange weggeblieben war.

„Ich hoffe, dass du jetzt wieder regelmäßig zur Verfügung stehst. Oder gibt es noch etwas, das ich wissen müsste?", sprach ihn sein Chef direkt an.

„Soweit man mir mitgeteilt hat, bin ich von jedem Verdacht entlastet", erwiderte Luigi. „Die Polizei ist der Meinung, dass keine begründete Gefahr mehr für mich und Denise besteht. Wir waren ja nicht als Beschuldigte aus dem Verkehr gezogen worden, sondern als Gefährdete. Für mich allerdings war es nie nachvollziehbar, in welcher Gefahr wir uns hätten befinden sollen."

Er erzählte, wie langweilig und nervenaufreibend die Zeit in der ersten Wohnung gewesen war, wo sie rund um die Uhr bewacht und versorgt worden waren. Auch Kontakte zur Außenwelt seien untersagt gewesen, nicht einmal mit der eigenen Mutter habe er telefonieren dürfen. Es seien ja im Ganzen nur etwas mehr als 4 Wochen gewesen und wenn er daran denke, dass es Leute gab, die jahrelang so leben mussten, so sei ihr Aufenthalt in der gesicherten Wohnung rückblickend wahrscheinlich ein Honigschlecken gewesen.

Er bat Frei, ihn in die Werkstatt zu begleiten. Auf dem Weg dorthin erzählte er von den verschmierten Autoscheiben und bat um eine Flasche Farbverdünner. „Nimm, was du brauchst, vergiss nicht, ein paar Putzlappen mitzunehmen."

Luigi bedankte sich und versprach im Laufe der kommenden Woche wieder zur Arbeit zu kommen.

Knapp zwanzig Velominuten später stand er vor dem Hauseingang zu seiner Wohnung. Nun stand neben dem Auto des Elektrikers ein Streifenwagen. Luigi schob sein Fahrrad zurück in den Abstellraum. Ja nicht nachfragen, sich zurückhalten und abwarten; wenn dort irgendetwas geschehen war, das die Polizei anzog, würde er es früh genug erfahren.

Als Nächstes begab er sich in die Garage und reinigte die Scheiben seines Wagens mit dem Verdünner. Es dauerte keine fünf Minuten und die Schmierereien waren entfernt. Er schloss den zum Parkplatz gehörenden Stahlschrank auf und versorgte die Reinigungsmittel.

Kurz nachdem er den Wagen aus der Garage gefahren hatte, kreuzte ein weiterer Streifenwagen seinen Weg.

In der Mietwohnung im Haus 4, die noch nicht bezogen war, standen, als Heierle mit einer Polizistin ankam, die beiden Streifenpolizisten, des Weiteren ein Monteur der Elektrofirma und dessen Vorarbeiter.

Einer der Beamten hielt eine durchsichtige Plastiktüte, wie sie beim Großverteiler bei den Früchten zum Einpacken hängen, in der Hand. Darin befand sich keine Frucht, sondern der Daumen einer Hand.

„Wie kommen Sie zu diesem Objekt?", murrte Heierle.

Der Monteur zuckte die Schultern. „Weil der neue Mieter eine Toilettendusche installieren lassen will, hatten wir den Auftrag, in der Wand dahinter ein Loch aufzubohren. Dort sind Kabel für eine Steckdose verlegt. Das ist in allen Wohnungen der Überbauung so. Neben dem kleinen Verteiler war die Plastiktüte mit dem Daumen eingeklemmt. Es ist ja nicht der erste Fund von menschlichen Gliedern in dieser Überbauung, deshalb haben wir sofort, ohne die Tüte zu öffnen, die 117 angerufen."

„Wie heißen denn die Mieter dieser Wohnung?", wollte Heierle wissen.

„Da müssen Sie die Vermieter fragen, den Auftrag haben wir von denen."

„Rufen Sie dort an, es soll sofort jemand hierherkommen", schnauzte Heierle seine noch junge Begleiterin an.

„Ich gehe nach unten, beim Eingang hängt die Hausordnung. Darauf finde ich sicher die Telefonnummer der Gesellschaft."

„Immogiardino, Frau Böhm am Apparat, wie kann ich Ihnen helfen?", tönte es aus dem Handy der Polizistin.

„Hier ist Frau Roth, Kantonspolizei Aarau. Frau Böhm, Sie werden gebeten, sofort in Haus Nr. 4 im Paradies zu erscheinen. Bitte bringen Sie alle Verträge der vermieteten oder verkauften Wohnungen mit und kommen Sie unverzüglich, wir erwarten Sie."

„Geht nicht so rasch, ich erwarte jemanden, der sich für eine der freien Wohnungen interessiert."

„Sie verkennen die Sachlage, unverzüglich heißt sofort und ohne Verzögerung, sollten Sie in einer Viertelstunde nicht vor Ort sein, holt Sie eine Streife ab."

Ohne ein weiteres Wort beendete sie das Gespräch und stieg die Treppe hinauf zum Ort des Geschehens. Während sie ging, dachte sie, dass es kaum von großer Wichtigkeit sei, den Namen der Mieter zu kennen. Den Fall mit dem Ohr in Haus Nr. 1 kannte sie. Sie wusste auch davon, dass die Mieter am Vortag aus der Sicherheit entlassen worden waren. Sie glaubte nicht, dass diese Sache etwas mit den Mietern zu tun hatte, da gab es vermutlich andere Gründe, weshalb jemand hier sein Unwesen trieb.

Auf der Fahrt ins Paradies rief Frau Böhm ihren Chef an und erklärte ihm, was sie eben erlebt hatte. Irgendetwas müsse geschehen sein. Er fluchte und verwünschte seine Mitarbeiterin. Das ist ja wie bei den alten Griechen, dachte sie, bei denen musste auch der Übermittler einer schlechten Nachricht büßen.

„Sie erstatten mir noch heute Bericht über das Vorgefallene!", schrie er in den Hörer, bevor er ihn auf den Tisch knallte.

„Es gibt Parallelen zum Fall in Haus Nr. 1", bekamen derweil die Beamten vor Ort von Heierle zu hören. „Allein schon, weil dies wieder mal ein Fall ist, der mich an einem Freitagnachmittag an den Ort des Vorfalls treibt. Und wieder ist es ein Freitag, an dem ich am Abend eine private Verpflichtung habe. Des Weiteren ist auch dies ein Ereignis, das schon heute Abend überall bekannt sein wird. Es wird, bevor ich überhaupt meinen Rapport geschrieben habe, bereits eine Meldung in einem Onlineportal zu lesen sein. Es bringt nichts, wenn ich alle, die hier anwesend sind, zum Schweigen verpflichte. Der Fund eines weiteren menschlichen Körperteils ist unter Garantie schon im Umlauf."

Durch die offene Wohnungstür war Frau Böhm zu hören, die schnaufend die Treppe hinaufstieg.

„Was ist los, dass Sie mich derart kompromisslos einbestellen. Ich musste den Interessenten einer Wohnung versetzten, das wird mich den Job kosten", keuchte sie.

„Heierle, ich bin hier der Leiter der Untersuchung. Wie heißt der Mieter dieser Wohnung?"

„Warum wollen Sie das wissen?"

„Antworten Sie mir; ich bin es, der hier die Fragen stellt."

Sie suchte unter den vier Akten, die sie bei sich trug, die passende heraus. „Ein Ehepaar Blumier aus Lausanne."

„Waren die schon hier in der Wohnung?"

„Ja, die haben hier mit einer Näherin Vorhänge ausgemessen. Ich war mit dabei."

„Und wie lautet der Name der Näherin?"

„Da bin ich überfragt, das müssen Sie die Blumiers fragen. Die Frauen sprachen spanisch miteinander."

Was soll die Frage nach dem Namen einer Näherin, die hier Vorhänge ausgemessen hat, fragte sich die Beamtin Roth. Doch Heierle darauf anzusprechen, traute sie sich nicht. Sie wollte nicht zum Blitzableiter eines seiner unkontrollierten Wutausbrüche werden.

„Vorläufig wird hier nicht weitergearbeitet. Die Wohnung werde ich versiegeln, bis die Spurensicherung sie am Montag wieder freigibt." Die Plastiktüte mit dem Daumen steckte er in einen dafür vorgesehenen Beutel.

Auf dem Weg nach Aarau blieb es im Auto ruhig, Roth schien es, als sinke ihr Chef immer tiefer in den Beifahrersitz. Er ließ sie hinter dem Haus parken und betrat den Hauptposten durch die Hintertür. Sie schafften es, ohne jemanden zu treffen, in sein Büro zu gelangen. Er schickte seine Begleiterin mit dem Daumen in die Rechtsmedizin, den entsprechenden Rapport werde er eine halbe Stunde später ins Intranet laden.

Auf dem Weg ins Untergeschoss traf sie auf Moser, der sich dort in einem anderen Fall hatte informieren lassen.

„Was hast du?", fragte er interessiert, als er auf der Treppe ihren Weg kreuzte.

Sie umriss kurz die Situation und erklärte, Heierle sei dabei, den Bericht zu schreiben, in einer halben Stunde könne er ihn auf seinem Bildschirm lesen.

Den Fund übergab sie dem Chef der Abteilung und informierte ihn kurz über den Fall.

„So etwas hatten wir doch schon einmal vor einigen Wochen, damals war es das Ohr einer verstorbenen alten Dame. Sag dem Wachtmeister, dass ich den Fund nicht als besonders dringlich betrachte. Erste Ergebnisse der Untersuchung sind nicht vor Mittwoch zu erwarten. Für heute ist es genug, ich gehe ins Wochenende."

Diesmal wollte er nicht gerüffelt werden, nur weil sein Chef nicht informiert war. Nachdem er den Bericht geschrieben und ins System geladen hatte, rief Heierle seinen Vorgesetzten an. Der sei nicht im Haus und komme erst am Dienstag von einem Treffen mit Ehemaligen aus seiner Militärzeit zurück, sagte ihm dessen Sekretärin.

Er räumte seinen Schreibtisch auf und wollte nach Hause gehen, als exakt das eintraf, was er hatte vermeiden wollen. Moser stand in der Tür.

„Und, wie siehst du den Fall Nardo nach den heutigen Erkenntnissen?"

„Lass mich in Ruhe mit so was", grunzte Heierle. „Ich mache jetzt Feierabend und bin erst am Montag wieder dienstlich zu sprechen. Ich habe ein freies Wochenende ohne Bereitschaftsdienst vor mir. Geh mir aus dem Weg."

Moser hatte genau den Nerv getroffen, der Heierle seit dem Nachmittag schmerzte. Die Freude am freien Wochenende war dahin, und seine Frau war nun, mit einem noch griesgrämigeren Mann als sonst, die Leidtragende.

Auch Frau Böhm saß niedergeschlagen an ihrem Schreibtisch und überlegte, wie sie ihrem Chef das Ereignis erklären sollte. Hinausschieben konnte sie den Anruf nicht.

Schlussendlich nahm sie ihren Mut zusammen und wählte seine Nummer.

Noch bevor sie etwas sagen konnte, musste sie sich seine Vorwürfe anhören. Er schnaubte und brüllte. Was denn so wichtig gewesen sei, dass sie die Interessenten einer Wohnung versetzt habe. Sie hätten sich telefonisch bei ihm beschwert und seien nicht zu beschwichtigen gewesen. „Die haben wir als Kunden verloren. Das haben Sie vergeigt."

Als er Luft holte, erwiderte Frau Böhm in der gleichen Lautstärke: „Sie haben wieder einen menschlichen Körperteil im Badezimmer einer vermieteten Wohnung gefunden. Die Polizei war schon dort, als ich ankam. Denken Sie, es hätte der Sache gedient, wenn ich mit dem Interessenten zur Besichtigung in ein Haus gegangen wäre, vor dem die Polizei wartete."

„Was haben Sie gesagt, was wurde wo gefunden?"

„Beim Aufbohren einer Fliese fand der Elektriker einen Daumen in einer Plastiktüte. Ich frage mich, und andere Leute werden das auch tun, ob es in dieser Überbauung noch weitere versteckte menschliche Körperteile gibt."

„Malen Sie nicht den Teufel an die Wand, das wäre eine Katastrophe, die uns den Hals kosten würde. Seit dem Fall mit dem Ohr haben sich einige Investoren gemeldet und Erklärungen verlangt. Meine Antwort, dass es sich um einen Einzelfall gehandelt habe, erweist sich nach dem heutigen Fund als falsch. Wenn wir nicht rasch eine plausible Lagebeurteilung abgeben können, wird nach der nächsten Aktionärsversammlung jemand anders auf meinem Stuhl sitzen."

Frau Böhm entgegnete: „Und was, meinen Sie, könnte ich unternehmen, um zu rascheren Erkenntnissen zu kommen, als sie die Polizei hat?"

„Wir sprechen uns am Montag in meinem Büro, ich habe eine Idee, über die ich mir am Wochenende vertieft Gedanken machen werde."

„Dann bis Montag, ich wünsche Ihnen ein schönes Wochenende."

Erst jetzt wurde sie gewahr, dass der Chef das Gespräch bereits unterbrochen hatte. Arsch, dachte Sie und machte sich ein paar Notizen, ehe sie ihr Büro verließ.

Im Sternen ging es wieder hoch her. Die Gerüchte hatten Nahrung gefunden. Der Bruder des Elektrikers, der die Steckdose hätte montieren sollen, wusste aus erster Hand, warum die Polizei mit zwei Fahrzeugen das Paradies besucht hatte.

Am runden Tisch überschlugen sich die Gespräche. Die Kellnerin hatte alle Hände voll zu tun und brachte ein Bier nach dem anderen. Diesmal rauchte der Stumpen des alten Gemeindeammanns.

„Wem ein Daumen fehlt, der kann nicht mehr melken, das geht nicht. Wer ohne Damen rumläuft, kann nur eine halbe Faust machen", philosophierte er.

„Du wirst langsam alt", meinte sein Gegenüber, „wer muss heute noch melken, komm in der Neuzeit an. So ein Blödsinn."

„Ich sagte es nur, weil ich mich erinnere, wie mein Pate sich vor sechzig Jahren beim Holzspalten den rechten Daumen weggehackt hat, und da er nicht mehr melken konnte, musste ich einen anstellen, der es für ihn tat."

„Vielleicht ist es ja der Daumen deines Paten, der gefunden worden ist." Die Runde brüllte. Gottfried errötete und blieb in der Folge ruhig, sein Stumpen erlosch.

Einer der Stammgäste, der schweigend zugehört hatte, wartete, bis alle ihre Meinung zum Thema abgegeben hatten, und sagte dann: „Ich denke, dass die Sache sicher nichts mit dem Mieter zu tun hat, bei dem das Ohr gefunden wurde. Das ist was anderes. Der Nardo war der Erste, bei dem was gefunden wurde. Ich kann mir nicht vorstellen, dass er sich selbst in Verdacht bringen würde. Der wurde zu Unrecht verdächtigt, damit etwas zu tun zu haben. So rasch kann man ohne Schuld in die Mahlwerke der Polizei geraten."

Erst blieb es ruhig, dann redeten alle durcheinander. Zum Schluss überwog die Meinung, Nardo sei das Opfer und die Polizisten hätten versagt.

Es wurde spät, Luigi erlebte die Fahrt auf der A1 nach Bern als ziemlich mühsam. Stop-and-go, die meiste Zeit hatte er im Stau gestanden. Gegen acht Uhr fuhr er auf den Parkplatz des Spitals und lief zur Frauenabteilung hinüber.

Denise hatte ihn früher erwartet und machte ein fragendes Gesicht. Er erzählte, weshalb er so lange ausgeblieben war.

„Ich konnte dich nicht anrufen, wir mussten ja unsere Handys abgeben, höchste Zeit, dass wir sie endlich wiederbekommen."

Die gute Nachricht, dass Denise bereits am nächsten Tag nach Hause dürfe, hob die Stimmung. Luigi versprach, sie am nächsten Morgen abzuholen und direkt nach Hause zu bringen.

Davon, dass im Paradies ein Daumen gefunden worden war, hatte er noch nichts gehört. Das Ereignis hatte nicht mehr den Stellenwert für die Medien, wie ihn das Ohr gehabt hatte. Einzig der lokale TV-Kanal meldete den Fund. Im Berner Oberland schaute niemand den Sender aus dem Aargau.

Samstag

„Wer ist der Mann ohne Daumen?", lautete die Schlagzeile am Samstag. Der lokale Journalist verfasste eine Chronologie der Ereignisse rund um die neue Überbauung in Biswil. Zum Ende des Berichtes rügte er die Polizei. Untätig seien sie gewesen, eine falsche Fährte hätten sie verfolgt, neues, unvoreingenommenes Personal müsse sich nun der Fälle annehmen.

In der Tageszeitung mit den großen Lettern erschien die Meldung erst auf der zweiten Seite. Es bestand der Eindruck, als ob man sich dort zurückhalten wollte, auch hier hatte man beim ersten Fall offensichtlich auf eine falsche Fährte gesetzt. Auch fehlten diesmal die Vorwürfe gegen die untersuchende Behörde.

Zu Hause angekommen, setzte sich Denise in einen der Sessel im Wohnzimmer. Sie freute sich, mit ihrer Tochter im eigenen

Zuhause zu sein. Öffnete ihre Bluse und ließ das kleine Geschöpf an ihre Brust.

Während der Fahrt hatte sie eine Einkaufsliste geschrieben, die Luigi nun noch ergänzte. Er fuhr ins Nachbardorf, wo er im Supermarkt die Liste abarbeitete. An der Kasse sprach ihn ein Arbeitskollege an: „Ich habe gehört, dass du am Montag wiederkommst, das ist gut so, du hast gefehlt."

Luigi dankte ihm und sie redeten über die vergangenen Wochen.

„Seit die gestern in einem deiner Nachbarhäuser einen Daumen gefunden haben, ist wohl allen klar, dass du mit der Sache nichts zu tun hast."

Luigi schaute ihn verständnislos an. „Davon weiß ich nichts, wir sind erst vor einer halben Stunde zurückgekommen."

„Dann kauf dir das Wochenblatt, darin schreiben sie darüber."

Am Kiosk kaufte er sich die Zeitung und überflog den Artikel.

Denise hatte sich mit dem Baby hingelegt, als er mit drei Einkaufstaschen zurückkehrte. Er räumte die Einkäufe weg und setzte sich zu seiner Frau. Er erzählte vom Treffen mit seinem Arbeitskollegen und von dem Zeitungsartikel, auf den dieser ihn aufmerksam gemacht hatte. „Ich denke, wir haben die Sache überstanden und werden nicht mehr belästigt werden." Sie umarmten sich, beide hatten feuchte Augen.

Montag

Der Vorfall vom Freitag brachte den Maturanten des Wochenblattes, der sich vorgenommen hatte, nach noch unbeachteten Spuren im Fall des gefundenen Ohrs zu forschen, dazu, neue Fragen zu stellen. Noch bevor bekannt war, ob der Daumen und das Ohr von derselben Person stammten, kam er zum Schluss, dass es einen Zusammenhang zwischen den Fundorten geben müsse. Zu der Entdeckung sei es eher zufällig gekommen. Es müsse noch weitere Fundorte geben. Auch weil beide Fundorte im Badezimmer waren, glaubte er nicht an einen Zufall.

Wer hatte Zugang zu diesen Wohnungen, wer zu den Badezimmern?

Frau Böhm saß im Büro ihres Chefs auf einem der Besucherstühle, weit vorne auf der Sitzfläche. Nervös und verunsichert wartete sie auf das, was auf sie zukommen würde.

Er schien sich wieder gefasst zu haben, ließ ihr einen Kaffee bringen und sprach in ruhigem Ton. „Ich habe mir übers Wochenende ein paar Gedanken gemacht. Zunächst möchte ich mich für mein Ausrasten am Freitag entschuldigen. Ihre Hiobsbotschaft reihte sich an andere, die nicht in Ihren Aufgabenbereich gehören. Irgendjemand will uns schädigen. Auf eine perfide Art wird unsere Überbauung in den Dreck gezogen und als Wohnort unmöglich gemacht. Wer das sein könnte, das übersteigt meine Fantasie. Ein Mitbewerber, vielleicht jemand, dem wir auf die Füße getreten sind. Von denen gibt es viele. Oder sind es die Leute, die gegen die Baugenehmigung Einspruch erhoben hatten. Ich habe mich jedenfalls entschieden, einen privaten Fahnder zu beauftragen. Der soll der Sache nachgehen und herausfinden, was die Polizei nicht in Erfahrung bringen konnte."

„Auch ich habe mir Gedanken darüber gemacht, was wir tun könnten", begann Frau Böhm, die es sich sichtlich erleichtert auf ihrem Stuhl bequem machte. „Die beiden Objekte wurden rein zufällig gefunden. Das erste, weil ein Ablauf verstopft war, das zweite, weil wir eine Fliese aufbrechen mussten. Ob es auch in anderen Wohnungen versteckte menschliche Extremitäten gibt, wissen wir nicht. Sollten wir nicht vorbeugend alle Nassräume auf solche Sachen untersuchen lassen. Das kostet, könnte jedoch, ohne großes Aufsehen zu erregen, vonstattengehen. Finden wir etwas, wird sich die Polizei darum kümmern, die Öffentlichkeit wird davon nichts erfahren."

„Schon gut, Frau Böhm, aber wir wissen dann immer noch nicht, wer uns das eingebrockt hat. Wenn wir denjenigen finden, wird er uns die weiteren Verstecke verraten, so es welche gibt. Ich werde mit unserem Juristen sprechen. Sie hören von mir."

Luigi traf, wie es schon seit jeher seine Gewohnheit war, als Erster im Geschäft ein. Beim Aussteigen aus dem Auto entdeckte er ein Kuvert zwischen dem Vordersitz und der Konsole. Erst nachdem er den Fahrersitz ganz nach hinten verschoben hatte, gelang es ihm, den Umschlag herauszuziehen. Nun erkannte er den Brief, den er am Samstag als Einschreiben hatte aufgeben wollen. Mit dem Gedanken, ihn im Laufe des Tages an einem Postschalter abzugeben, steckte er ihn ein.

Nach und nach trafen seine Kollegen ein. Keiner von ihnen äußerte sich zu dem Umstand, dass ihr Vorarbeiter wieder zurück war. Luigi kannte seine Leute, er hatte nichts anderes erwartet. Die Znüni-Pause, während der die Arbeiter ihr zweites Frühstück zu sich nahmen, war Gelegenheit für persönliche Gespräche, da stillte man seine Neugier, da ließ man seinen privaten Frust oder seine Freude heraus.

„Gut, dass du wieder da bist", blieben die einzigen persönlichen Worte des Chefs. „Dein Stellvertreter hat sich gestern beim Wandern seinen rechten Fuß verknackst, der fällt für die nächsten vier Wochen aus. Heute geht ihr ins Seetal, in Birrwil wurde ein Schulprovisorium erstellt, und ihr montiert die vorbereiteten Zwischenwände und Abschrankungen."

Weil auf der Hinfahrt die Poststelle noch geschlossen hatte, verschob Luigi seinen Gang dorthin auf die Mittagspause. Tatsächlich erinnerte er sich rechtzeitig daran und gab den Brief an Immogiardino auf.

Ansonsten verlief sein erster Arbeitstag so, wie er es gewohnt war, und abends machte er sich zufrieden auf den Heimweg.

Dienstag

Bei der Acht-Uhr-Sitzung fehlte der Chef, sein Stellvertreter begrüßte die Anwesenden. Er ließ sich vom Tagesoffizier über die Ereignisse der vergangenen vierundzwanzig Stunden berichten.

Mehrere Verkehrsunfälle hatten sich ereignet, einer davon mit einem Schwerverletzten, der im Vollrausch unterwegs gewesen war. Einige Fahrräder waren als gestohlen gemeldet worden. Vandalen hatten in der Innenstadt und an einem Bahnhäuschen der WSB ihre Zerstörungswut ausgelebt. Dann sei kurz vor der Sitzung der Laborbericht zu dem in Biswil gefundenen Daumen eingetroffen. Der sei, wie das vor einigen Wochen gefundene Ohr, ebenfalls einer toten Person abgezwackt worden. Diese sei männlich und etwa vierzig Jahre alt gewesen. Weder Fingerabdruck noch DNA seien registriert. Moser seufzte für alle hörbar und sagte mehr zu sich als zu den anderen im Zimmer: „Da steh ich nun, ich armer Tor, und weiß so viel als wie zuvor."

Laut sagte er: „Ich bin mir sicher, dass wir von Beginn an einer falschen Fährte gefolgt sind. Die Mafiosi-Schiene hat viel Geld gekostet, Unschuldige verängstigt und bloßgestellt. Wir müssen davon wegkommen, die Bewohner der Wohnungen als Ziel oder auch als Beteiligte zu betrachten. Der oder die Täter verfolgen andere Ziele."

Dolores schrieb auf ein Blatt Papier:

Wer könnte ein Interesse haben, der Immobiliengesellschaft zu schaden?

Wer hat Zugang zu Leichen, die er unbeobachtet schänden kann?

Sie reichte die Notizen weiter an den neben ihr sitzenden Fahnder.

Nach einem kurzen Blick auf das Papier nickte er. „Das könnte uns auf eine Spur bringen." Damit reichte er es in der Runde herum. „Bis übermorgen erwarte ich von euch eine Liste mit Namen von Personen oder Organisationen, die ein Interesse daran haben könnten, der Immobiliengesellschaft Schaden zuzufügen."

Die Sitzung war beendet, alle Beteiligten begaben sich an ihre Arbeitsplätze.

Mittwoch

Der Hauswart machte am Morgen seine Runde durch alle noch unbewohnten Wohnungen im Paradies.

Er öffnete alle Fenster und ließ frische Luft in die Zimmer. Sensibilisiert von den Vorkommnissen der letzten Wochen achtete er auf Unregelmäßigkeiten. Er öffnete in allen Wohnungen die Wasserhähne und ließ das Wasser für einige Momente laufen.

In Block drei fiel ihm in einer Dreizimmerwohnung im Hochparterre auf, dass beim Spülen der Toilette nur wenig Wasser kam. Aus seinem Werkzeugkoffer entnahm er das passende Werkzeug und öffnete den Zugang zum Spülkasten, der unter dem Putz montiert und dadurch schlecht zugänglich war. Irgendetwas blockierte die Mechanik. In den Kasten zu schauen, gelang ihm nicht, in derart engen Verhältnissen war es ihm unmöglich, mit dem Kopf über den geöffneten Behälter zu gelangen. Mit Taschenlampe und Spiegel versuchte er, Einblick zu erhalten. Auch dadurch wurde er nicht schlauer. Mit der Hand hineinzugreifen war ihm ebenfalls nicht möglich, daran hinderte ihn seine stattliche Figur.

Nur mit Widerwillen erklärte sich seine feingliedrige Frau, der er beim Mittagessen von seinem Problem erzählte, dazu bereit, es ihrerseits zu versuchen.

„Da drin fühle ich Plastik", sagte sie, nachdem es ihr gelungen war, ihren Arm unnatürlich zu verdrehen und das Innere des Behälters abzutasten. Den Wasserzulauf hatte ihr Mann vorher zugedreht und das Wasser ablaufen lassen. Mit dem Mittel- und dem Zeigefinger gelang es ihr, das Plastik einzuklemmen und hochziehen. Sperrig blieb es am Gestänge der Spüleinrichtung hängen. Sie musste das unbekannte Ding loslassen, ihre Finger hatten nicht die Kraft, weiterhin daran zu ziehen. „Da ist ein Fremdkörper, der nicht da hineingehört." Sie schauderte und begann am ganzen Körper zu zittern. „Das ist sicher wieder ein Leichenteil in einer Plastiktüte. Keine zehn Pferde bringen mich dazu, nochmals mit meinen Händen dort hineinzugreifen."

Nach dem Rüffel, den er nach dem letzten Fund erhalten hatte, rief der Hauswart Frau Böhm an. Sie sollte entscheiden, wer hinzuzuziehen sei, um die Sache in Ordnung zu bringen. Verschnupft und ratlos überließ sie ihm die Entscheidung, wen er beauftragen wollte, um den Spülkasten zu überprüfen und etwaige Fremdkörper zu entfernen.

Kurer von Kurer Sanitär ahnte, dass wieder ein menschlicher Körperteil aus der Toilettenspülung herauszuklauben war, und beauftragte den Monteur Schober damit, die Angelegenheit in Ordnung zu bringen.

Um kurz nach fünf hatte er mit einer selbst gefertigten, angelartigen Drahtvorrichtung den IKEA-Beutel herausgezerrt. Da er durch den Fund im Badezimmer der Nardos bereits vorgewarnt war, erschreckte ihn der Inhalt, ein abgeschnittenes Ohr, nicht mehr. Er legte es auf den Boden und verabschiedete sich in den Feierabend.

Der Fund schien ihm nicht wichtig zu sein, nichts, mit dem er sich in seinem Bekanntenkreis hätte hervortun können. Der Hauswart rief zuerst Frau Böhm an; er informierte sie über den Fund und machte sie darauf aufmerksam, dass er sich verpflichtet fühle, die Sache der Polizei zu melden.

Auch dort erstaunte es niemanden, dass im Paradies wieder ein Leichenteil aufgetaucht war. Eine Streife kam vorbei; man machte einige Fotos von der Toilette und ihrer Spüleinrichtung, steckte den Plastikbeutel in einen größeren und brachte diesen in die Zentrale.

Der aktive Leserreporter, der schon die früheren Aktivitäten der Polizei in der Überbauung an die Onlinezeitung gemeldet hatte, wollte auch diesmal seine zwanzig Franken Prämie einholen. Doch niemand in der Redaktion zeigte ein Interesse an der Meldung.

Frau Böhm rief Langenegger an. Sie hatte seit dem Morgen den eingeschriebenen Brief der Nardos auf dem Tisch liegen, in dem sie gegen die vor über zwei Monaten ausgesprochenen Kündigung der Wohnung Widerspruch einlegten. Darüber hatte sie mit ihm reden wollen, nun musste sie ihn zusätzlich über den Fund eines weiteren Ohrs unterrichten.

„Was gibst es Neues, Frau Böhm?", fragte er, als er ihre Stimme vernahm.

„Zwei Sachen habe ich."

„Wenn es sich um eine gute und eine schlechte Nachricht handelt, dann bitte als Erstes die gute."

„Nein, ich fürchte, dass keine der beiden Nachrichten eine gute ist. Heute kam ein Brief von den Nardos, in dem sie die Kündigung ihrer Wohnung anfechten. An sich kommt der Widerspruch zu spät und hat keine rechtliche Wirkung. Wir müssten darauf nicht eingehen und könnten die Wohnung in einem Monat freibekommen."

„Und was ist sonst noch?"

„Es wurde in einer weiteren Wohnung ein Ohr in einem Wasserspülkasten gefunden. Das Ohr hat die Polizei – diesmal ziemlich diskret – abgeholt."

„Wann hört das endlich auf. Wir können uns keine weitere negative Publicity leisten. Sie hatten mit dem Vorschlag, alle Wohnungen gründlich zu überprüfen, recht, da müssen wir uns etwas einfallen lassen. Kommen Sie am Freitagmorgen in die Zentrale, ich werde weitere Fachleute zu einer Sitzung einladen. Die Kündigung der Nardos sollten wir zurücknehmen und uns für die voreiligen Unterstellungen entschuldigen. Wenn wir die Leute aus der Wohnung schmeißen, müssen wir erneut mit negativer Presse rechnen. Außerdem können wir im Moment um jeden Mieter froh sein, der pünktlich seine Miete zahlt. Besorgen Sie einen Blumenstrauß und setzen Sie ein Schreiben auf, in dem Sie die Kündigung als Missverständnis bezeichnen und zurückziehen."

Frau Böhm gab einen erleichterten Laut von sich und dankte für die auch aus ihrer Sicht richtige Entscheidung.

Donnerstag

Anlässlich der Sitzung am Morgen kamen alle zusammen, die am Dienstag über den Fall Paradies diskutiert hatten.

Moser berichtete vom Fund eines weiteren Ohrs. Von der Rechtsmedizin war ein erster noch unvollständiger Bericht eingegangen.

Das Ohr stamme von einer jüngeren Person als das erste, wahrscheinlich von einem Mann. Resultate der DNA-Tests seien erst am kommenden Montag verfügbar.

„Schön und gut", warf der an der Sitzung teilnehmende Offizier ein, „das bringt uns im Moment nicht weiter, allenfalls wissen wir am Montag mehr, wenn mit den Werten des Tests die DNA-Datenbank abgefragt werden kann."

In der Stille, die nach diesen Statements herrschte, war das Pochen an der Tür nicht zu überhören. Ein älterer Beamter trat ein und erklärte, es sei ein junger Mann am Empfang, der behaupte, er habe Neuigkeiten zum Fall Paradies in Biswil.

Er solle ihn hereinbringen, befahl der Leiter der Sitzung.

Der junge Mann schien unbeeindruckt von der Gesprächsrunde. Er stellte sich, ohne dazu aufgefordert worden zu sein, als Bruno Stauri, Volontär beim Wochenblatt, vor.

Was er denn so Wichtiges zu melden habe, dass er dazu extra die Fahrt nach Aarau unternommen habe, wollte der Offizier wissen.

„Ich weiß, wer hinter den Leichenteilen steckt, die in den Wohnungen gefunden wurden. Bevor ich darüber in der nächsten Ausgabe des Blattes schreibe, wollte ich Sie davon in Kenntnis setzen. Ich verlange nichts für meine Hilfe. Versprechen Sie mir nur, erst nach dem Erscheinen der Zeitung die Öffentlichkeit darüber zu informieren."

„Sie sind sehr selbstbewusst mit Ihrer Forderung und verlangen von uns eine Zusage, bevor wir erfahren, was Sie konkret zu bieten haben", erwiderte Moser. „Wann erscheint denn das Blatt mit Ihren Erkenntnissen?"

Heute Nacht wird es in Großauflage gedruckt und morgen an alle Haushalte verteilt. Sie müssten sich nicht einmal vierundzwanzig Stunden lang mit Ihren Informationen zurückhalten."

„Okay, einverstanden. Wir werden, sofern Ihr Bericht tatsächlich Licht in den Fall bringt, erst morgen Nachmittag die Öffentlichkeit informieren."

„Gut, ich vertraue Ihnen. Gestern überreichte mir die Mutter eines Schulfreundes einen Brief, der dem Testament ihres vor zwei Monaten in Thailand verstorbenen Vaters beigelegen hatte.

Ihr Vater war vor knapp einem Jahr schwerkrank in eine Betreuungsstätte nach Thailand übergesiedelt, in der Absicht, dort seine letzten Tage zu verbringen.

Sie sagte mir auch, sie habe das Erbe ihres Vaters ausgeschlagen, es seien nur Schulden und alte Betreibungen gegen ihn vorhanden gewesen. Sein Geschäft habe er vor der Reise in den Fernen Osten aufgegeben.

Ich lese Ihnen nun den Brief vor, den mir die Frau übergeben hat:

Liebe Hinterbliebene,

mein ganzes Leben lang habe ich schwer gearbeitet. Es war hart, aber ich hatte Freude an meiner Arbeit. Es gab gute Zeiten und weniger gute. In guten Zeiten legte ich Geld zurück, das mir dann half, wenn es nicht so gut lief. Dummerweise fiel ich vor fünf Jahren auf eine Immobilienfirma, die mir Aufträge versprach, herein. Ich verpflichtete mich, stets gute Arbeit zu leisten, bei großen Aufträgen zusätzliches Personal einzustellen, um die Arbeiten fristgerecht fertigzustellen. Das ging am Anfang recht gut. Ich hatte Vorlaufzeiten und konnte mich organisieren. Je länger ich für die Immogiardino tätig war, umso mehr drückten sie jedoch die Preise. Es kam der Zeitpunkt, wo ich überhaupt nichts mehr verdiente. Immer hielten sie mir Offerten anderer Firmen vor, deren Namen ich noch nie gehört hatte und die mit Preisen warben, bei denen ich nicht mithalten konnte. Vor lauter Kummer und Stress erkrankte ich, wusste bald nicht mehr weiter. Die haben mich kaputtgemacht, die traten mir auf die Finger und nutzten mich schamlos aus. Ich wusste, der Auftrag, im Paradies die Fliesen zu legen, würde der letzte sein, den ich ausführen konnte. Selbst wenn ich nicht krank geworden wäre, ich wäre in Konkurs gegangen und hätte mich zeitlebens für meine Dummheit, mich mit solch skrupellosen Gesellen eingelassen zu haben, schämen müssen.

Nun rächte ich mich. Es gelang mir, in jeder Wohnung menschliche Leichenteile zu verstecken. In einigen sogar an zwei Orten. Leider verstarb der Mann, der mich mit den Körperteilen belieferte. Deshalb musste ich zu toten Kleintieren greifen und sie irgendwo unter den Fliesen oder sonst wo deponieren. Ich freue mich still und heimlich auf den Tag, an dem die ersten meiner Geschenke an die Immogiardino gefunden werden.

Mit meiner Rache an den Kameltreibern der Immogiardino habe ich meine Befriedigung und innere Ruhe gefunden. Vielleicht lernen die Manager, künftig die Arbeit von Handwerkern zu schätzten und anständig zu bezahlen.

Aus dem Vorzimmer des Todes,

Jacky Widmer, Plattenleger"

Eine Stille, wie sie selten in diesem Raum herrschte, breitete sich aus.

„Der Mann hat uns mit seiner Rache auf Trab gehalten. Er hat neben seinem Ziel, die Immogiardino zu schädigen, auch einige Kollateralschäden verursacht." Damit sprach Moser aus, was alle im Raum dachten. „Der Brief erscheint mir glaubhaft, zumal er geschrieben wurde, bevor der erste Mieter das Ohr in seiner Dusche fand. Das Wissen um diese Geschehnisse verschafft uns ausreichend Zeit. Es genügt, wenn wir die Öffentlichkeit am Freitag über die Aufklärung des Falls informieren."

Moser sprach weiter. „Herr Stauri, es wird der Mutter Ihres Schulfreundes nicht erspart bleiben, dass wir mit ihr reden werden. Der Fall Paradies scheint gelöst. Der Fall der Leichenschändung ist es noch nicht. Wie ist der Name der Frau und wo wohnt sie?"

„Den kann ich Ihnen nennen, es wäre für die Polizei sicher ein Leichtes, den Namen der Tochter von Jacky Widmer herauszufinden." Er nannte den Namen und die Adresse der Frau.

„Sie können jetzt gehen, für Sie als angehenden Journalisten ist es sicher ein Glücksfall, schon im Volontariat einen Primeur zu lancieren. Gratuliere." Der Polizeioffizier wünschte ihm eine gute Heimreise und dankte für seine Offenheit.

Nachdem der Mann gegangen war, war es Moser, der sich als Erster zu der Sache äußerte.

„Wir haben auf der ganzen Linie versagt, sind einer Spur nachgerannt, einer Spur, die uns in die Wildnis führte. Ich nehme mich selbst nicht davon aus, auf die von Wachtmeister Heierle initiierte Mafiosi-Tour reingefallen zu sein. Die Pressemeldungen über das gefundene Ohr haben auch uns verführt, weiter auf dieser Schiene zu fahren und zu recherchieren. Dieser Fall sollte uns eine Lehre sein, uns in Zukunft nicht von Erstmeinungen beeinflussen zu lassen, sondern auch nach noch nie dagewesenem suchen müssen. Jetzt bleibt uns nur, herauszufinden, wer die

Leichenteile besorgt hat. Strafrechtlich werden wir kaum jemanden verfolgen können, offenbar weilt die betreffende Person auch nicht mehr unter den Lebenden."

Dolores entgegnete: „Warten wir bis Montag, die Sache eilt nicht; vielleicht bringt uns das gestern gefundene Ohr ja in der Frage der Herkunft weiter."

„Einverstanden", meinte der Sitzungsleiter, „wir müssen die Immogiardino über unsere Erkenntnisse informieren."

Moser nickte. „Ich übernehme das, aber erst morgen nach dem Mittagessen."

Freitag

Auf der Website des Wochenblattes war die Schlagzeile der neuen Ausgabe zu lesen:

Biswil – Fund von menschlichen Gliedern in Neubauwohnungen aufgeklärt.

Die Printausgaben waren im ganzen Bezirk ausverkauft, kaum dass die Kioske geöffnet hatten.

Der Autor des Berichts mit den Initialen BS bezog sich auf den Brief eines kürzlich Verstorbenen, der ihm zugetragen worden sei. Darin bezichtige sich der Verfasser, in allen Wohnungen der Überbauung Paradies entweder menschliche oder tierische Körperteile so platziert zu haben, dass diese nur mit großem Aufwand gefunden werden konnten. Es habe sich bei der Aktion um einen Racheakt gegen die Generalunternehmung gehandelt. Im Laufe der letzten Jahre sei der Verfasser des Briefes unter hohen Druck gesetzt worden und sei gezwungen gewesen, Arbeiten ohne Kostendeckung auszuführen. Es handle sich um einen kleinen Bauhandwerker, der seine Firma vor einem Jahr aufgegeben habe und schwer krank zum Sterben nach Thailand gereist sei.

Weder Initialen noch weitere Hinweise waren notwendig, um den Namen des Briefschreibers zu erraten. Jacky Widmer war in der Gegend aufgewachsen, hatte als seriöser Arbeiter gegolten. Einer, der hart arbeitete und stets tadellose Arbeit geleistet hatte. Ein eigenes Geschäft hätte er sich nie zulegen sollen. Schreibtischarbeiten waren nicht seine Stärke. Es war bekannt, dass er die Rechnungen für seine Arbeiten als Plattenleger oft erst nach einem Jahr gestellt hatte.

Von seinem leisen Abschied aus dieser Welt wusste man. Er war gestorben, wie er gelebt hatte, still und ohne Aufhebens zu machen. Keine Todesanzeige hatte er gewollt. Diejenigen, die davon wissen müssen, werden es schon erfahren, war seine Haltung gewesen. Seine Asche wurde auf der sandigen Erde Thailands verstreut.

Üblicherweise blätterte Frau Böhm das Wochenblatt durch, wenn sie dort ein Inserat aufgegeben hatte. Sie prüfte, ob Größe und Anordnung ihren Angaben entsprachen. Heute schrie ihr der mit großen Lettern gedruckte Titel auf der Frontseite entgegen, als sie wie gewohnt auf dem Weg zum Büro ihr Postfach leerte.

Noch im Auto las sie den Bericht. Mit jeder Zeile wurde sie blasser. Noch bevor sie den Artikel fertiggelesen hatte, konnte sie sich die Konsequenzen ausmalen, die diese Sache nach sich ziehen würde. Neben dem Imageschaden würden gewaltige Kosten auf die Immogiardino zukommen.

Erst als jemand ans Seitenfenster ihres Autos pochte und sie lautstark aufforderte, den Kurzzeitparkplatz freizugeben, erwachte sie aus ihrer Starre und fuhr gedankenverloren weg.

Im Büro angekommen, rief sie als Erstes ihren Chef in Zug an, in dem Bewusstsein, dass er es nicht schätzte, so früh am Morgen beim Lesen seiner Tageszeitung gestört zu werden.

„Was gibt es Wichtiges, dass Sie mich um diese Zeit stören?"

„Ich habe mich über das Geschehen im Wynental informiert, und das, was heute bekannt wurde, wird Sie noch einige Zeit beschäftigen."

„Hat es etwa wieder einen Fund in der Überbauung gegeben?"

„Nein, noch nicht, aber jetzt wissen wir, dass es noch weitere Funde geben wird."

Im Telegrammstil gab sie den Inhalt des Berichts im Wochenblatt wieder.

Dreimal fragte sie nach, ob er noch am Telefon sei, als sie ihre Berichterstattung beendet hatte und eine gefühlte Ewigkeit nichts von ihm hörte.

„Das kann nur der Widmer sein, der hat uns das dicke Ei gelegt. Ich werde Strafanzeige erstatten und ihn auf Schadenersatz verklagen. Der wird dafür büßen, das waren keine Bubenstreiche. Der wird hinter Gitter kommen und Zeit haben, über seine verbrecherischen Taten nachzudenken."

„Sie haben es nicht mitbekommen, der Widmer ist tot."

„Das haben Sie mir noch nicht gesagt, Ihre Meldung war unvollständig. Aber das passt ja zu Ihnen, so eine schlampige und unzuverlässige Arbeit. Hätten Sie Ihren Job so gemacht, wie ich es erwartet habe, wäre es nicht so weit gekommen. Nun haben wir den Salat, ich rufe unseren Juristen an, Sie hören von mir." Damit legte er auf.

Verdattert legte sie ihr Telefon zur Seite und brach in Tränen aus. Sie machte sich Vorwürfe, wusste jedoch nicht, was sie bei der ganzen Geschichte falsch gemacht haben sollte. Sie war erst nach der Fertigstellung der Überbauung angestellt worden, um den Verkauf oder die Vermietung zu betreuen.

Wieder mal wird die Überbringerin einer schlechten Nachricht bestraft, ging es ihr durch den Kopf. Zum Glück nicht durch Köpfen.

Wie ein Donnerschlag, der durchs Tal grollte, verbreitete sich die Meldung. Wo immer Leute zusammenstanden, gab es nur ein einziges Gesprächsthema.

Beim Znüni der Handwerker im Sternen ging es laut und turbulent zu. Alle hatten den Jacky Widmer gekannt. Wenige wussten von seinem Tod im fernen Thailand. Dass er krank gewesen und zum Sterben ausgewandert war, hatte er für sich behalten.

Giovanni, der Gipsermeister, kannte Jackys Tochter noch von der Schulzeit. Er hatte sie nach der Lektüre des Artikels angerufen, um Näheres zu erfahren.

Nun erzählte er, dass Jacky Widmer einsam und völlig verschuldet gestorben war. Die Tochter habe das Erbe ausgeschlagen. Jacky habe das wohl geahnt. Den Schaden, den er angerichtet hatte, würde die Immobiliengesellschaft selbst tragen müssen. Wer ihm die Leichenteile besorgt hatte, wusste auch die Tochter nicht.

Ein lauter Applaus folgte diesen Worten. Da hatte einer das getan, was alle, die für die Immogiardino arbeiteten, auch gerne getan hätten. Er hatte sich an den Blutsaugern gerächt. Aus dem Garten Eden einen Friedhof gemacht.

Nun begannen sie einer nach dem andern darüber zu reden, wie auch sie von den gleichen Leuten über den Tisch gezogen worden waren. Das Znüni dauerte bis gegen Mittag, einige ließen die Arbeit für den Tag liegen und verließen den Sternen erst zur Polizeistunde.

Montag

Beim Morgenrapport herrschte Einigkeit darüber, dass die Aufklärungen im Fall Paradies beinahe abgeschlossen werden konnten. Nun war noch zu klären, woher die Körperteile stammten.

Ein erster Hinweis kam aus der Forensik. Mittlerweile hatte man dort die DNA des zuletzt gefundenen Ohrs analysiert.

„Wir haben einen Treffer, das Ohr gehört einem fünfundvierzigjährigen Mann. Er starb vor etwa einem Jahr an den Folgen einer schweren Rauferei in der Justizvollzugsanstalt Thorberg, wo er wegen Totschlags eine längere Strafe zu verbüßen hatte.

Wir wissen, dass er keine Angehörigen hatte und nach dem Tod ins Institut für Anatomie der Uni Bern gebracht wurde. Sein

Körper diente jungen Studenten und Studentinnen als Anschauungsobjekt.

Eingeäschert wurde er im Krematorium Bern."

Moser zog die Stirn in Falten. „Ich gehe nicht davon aus, dass die gefundenen Glieder in der Anatomie entfernt und gesammelt wurden. Eher auf dem Weg vom Institut in den Ofen. Einen Hinweis hat uns Jacky Widmer in seinem Brief gegeben. Die Person, die ihn beliefert hat, ist ebenfalls verstorben. Ich denke, ich muss noch einmal mit Widmers Tochter reden."

Wieder einmal drängten eine große Zahl Journalisten in den Raum, in dem die tägliche Presseinformation stattfinden sollte.

Mit wenigen Worten betätigte der Pressesprecher die Meldung aus dem Wochenblatt.

Man sei froh, dass der Fall gelöst sei und dass keine der Personen, die im Laufe der Ermittlungen einvernommen worden waren, in irgendeiner Weise in den Fall involviert gewesen waren.

Der Fall sei insoweit abgeschlossen, als mittlerweile ein glaubhaftes schriftliches Geständnis vorliege.

Diese Erklärung genügte den meisten im Raum nicht. Laut und mit scharfen Worten wurde bemängelt, dass die Ermittlungen in eine falsche Richtung geführt und unschuldige Personen beschuldigt und inhaftiert worden seien. „Unfähige Ermittler!", rief der Reporter der Zeitung, die als erste die These einer mafiösen Verwicklung groß ins Spiel gebracht hatte. Unvermeidlich war auch die Frage, von wem die gefundenen Körperteile stammten.

Moser musste zugeben, einer Spur gefolgt zu sein, die in eine Sackgasse geführt hatte. Jedoch verneinte er die Beschuldigung, es seien im Laufe der bisherigen Ermittlungen Personen inhaftiert worden. Er gab außerdem zu bedenken, dass es konkrete Hinweise gegeben habe, die die Polizei zu dem Schluss kommen ließen, dass einer der Befragten vor Kriminellen geschützt werden müsse.

Das darauffolgende laute Gerede gab dem Sprecher der Polizei Anlass, die Presseinformation abzubrechen.

Der Anwalt der Immogiardino rief noch während der Krisensitzung, an der neben dem CEO Langenegger auch der Präsident des Verwaltungsrates teilnahm, den Ermittler Moser an.

Erst bemängelte er laut und mit harschen Worten die Informationspolitik der Polizei, dann die schleppende Untersuchung im Fall der Überbauung und die offenbar falsche Fährte, der man gefolgt sei.

Er kündigte eine Strafanzeige gegen unbekannt an. Auch werde er gegen die Nachkommen des Täters zivilrechtlich vorgehen. Zudem wollte er wissen, wie der Widmer zu den Leichenteilen gekommen sei.

Es stehe ihm frei, Klage einzureichen, erklärte Moser. Er müsse allerdings wissen, dass von Widmer keine Vermögenswerte vorhanden seien und die Tochter das Erbe ausgeschlagen habe.

Unanständig formlos beendete der Anwalt das Gespräch. Den anderen am Tisch musste er eingestehen, dass es seiner Ansicht nach keine Chance gab, irgendjemanden für den Schaden haftbar zu machen.

Der Präsident wollte wissen, wie hoch der zu erwartende materielle Schaden sei. Zerknirscht legte Langenegger seine Schätzungen vor. Man habe sechs Häuser mit je zwölf Einheiten gebaut. In allen zweiundsiebzig Wohnungen müssten sämtliche Böden und Wandfliesen entfernt, die sanitären Installationen überprüft werden. Rechne man pro Wohnung mit zwölftausend Franken, ergäbe das eine Summe von achthundertvierundsechzigtausend Franken. Insgesamt werde die Sanierung etwa eine Million kosten. Vom Imageschaden nicht zu reden.

Ob es eine Versicherung gebe, die dafür geradestehen müsse, wurde der Jurist gefragt. Er bezweifelte dies, sagte aber, er werde das noch genauer abklären.

Sie kamen überein, dass, obschon die Frage der Kostenübernahme noch nicht geklärt sei, die Sanierung der Immobilien umgehend zu erfolgen habe. So wie sich die Lage präsentiere, würden sich keine Mieter oder Käufer für die Wohnungen finden.

Während der folgenden Tage beging ein Baufachmann der Gesellschaft alle Häuser im Paradies, nahm Maß und berechnete, wie viele Quadratmeter Fliesen es wegzuschlagen und wieder anzubringen gab. Derweil kontaktierte ein Kollege die Handwerker, denen der Auftrag erteilt werden sollte. Es würde schwierig werden, wie sich bald herausstellte. All jene, die für solch einen großen Auftrag infrage kamen, waren ausgebucht. Frühestens in einem halben Jahr, so lautete der allgemeine Tenor, könne mit den Arbeiten begonnen werden. Verrechnung nur nach Aufwand. Auch das Splitten des Auftrags änderte nichts daran. Langenegger kochte vor Wut ob den Aussichten, die

Angelegenheit nicht zu einem raschen Ende führen zu können.

Dienstag

Mosers Besuch bei Widmers Tochter, verbunden mit einer langen Befragung, brachte keine neuen Erkenntnisse darüber, von wem Jacky die versteckten Teile bezogen haben könnte. Hin und wieder sei er am Wochenende nach Biel gefahren. Dort lebte ein Kollege, den er vor Jahren während eines Campingurlaubs kennengelernt hatte. An einen Familiennamen konnte sie sich nicht erinnern.

Luigi Nardo registrierte mit Erstaunen die neuesten Erkenntnisse der Polizisten. Sein Chef forderte ihn auf, Schadenersatz für die erlittenen Unannehmlichkeiten zu fordern. Er aber wollte nicht. Seine öffentliche Rehabilitierung genügte ihm. Er hatte seine Ruhe gefunden und genoss die Dreisamkeit mit seiner Frau und der kleinen Tochter.

Eine Woche später

Es dauerte länger als gedacht, bis der Fahnder sich des Falls wieder annehmen konnte. Die Protokolle und die dazugehörigen Akten lagen fein säuberlich gebunden vor ihm.

Wer hatte Zugang zu Leichen und konnte ihnen, ohne dass es jemand bemerkte, Ohren und Finger abschneiden. Beim erneuten Durchlesen der Papiere machte er einige Feststellungen, wodurch sich neue Fragen auftaten.

Der Lieferant der Leichenteile war gestorben.

Der Daumen stammte von einem Mann, der als Lehrmittel in der Anatomie gelegen hatte.

Der, alleinstehend und ohne Angehörige, in aller Stille im Ofen des Krematoriums verbrannt worden war.

Könnten auch die anderen Teile von einsam Verstorbenen stammen? Ob sie zuvor ebenfalls von Studenten aufgeschnitten und studiert worden waren, schien ihm unerheblich. Hingegen stimmte es ihn traurig, dass diese vereinsamten Seelen ohne Begleitung eingeäschert worden waren.

Er suchte die Telefonnummer des Berner Krematoriums, rief dort an und verlangte den Personalverantwortlichen zu sprechen. Es dauerte eine Weile, dann hatte er einen älteren Mann am Apparat. Geduldig hörte er sich Mosers Geschichte an.

„Gab es in Ihrem Krematorium einen Mitarbeiter oder eine Mitarbeiterin, die vor etwa eineinhalb Jahren verstarb?", erkundigte sich Moser, nachdem er geendet hatte.

„Das kommt vor, auch unsere Leben sind endlich. Ein trauriger Moment, wenn der Kollege oder die Kollegin unsere Dienste beansprucht und wir sie dem Feuer übergeben müssen. Wir trauern dann gemeinsam und gönnen uns anschließend ein Schöppli. Mehr ist nicht drin, denn Särge mit Leichen stehen immer bereit. Es darf keinen Stau geben und die Angehörigen der Verstorbenen warten nicht gerne."

„Wann kam es das letzte Mal zu einem Todesfall innerhalb der Belegschaft?"

„Das kann ich Ihnen genau sagen, ein tragischer Fall. Er starb an seinem Geburtstag, seine langjährige Freundin war die einzige außer uns, die um Jean trauerte."

„Wann war denn der Geburtstag dieses Jean und hatte der auch einen Familiennamen?"

An Allerheiligen vor eineinhalb Jahren saß er im Zug von Biel nach Bern. Während der Fahrt ist er im Sitzen eingeschlafen und nicht mehr aufgewacht. Erst in Thun, als der Zug ruckartig bremsen musste, fiel er von der Bank und blieb liegen. Der Fall hat damals ziemlich viel Aufregung verursacht. Ein Toter im Pendlerzug und keiner hatte es bemerkt."

„Wie lautete sein Familienname?"

„Löffler hieß er, einer unserer spanischen Mitarbeiter hat ihn immer Löffel gerufen. Weil er ein Bein nachzog, haben ihn andere den hinkenden Boten genannt."

Moser bedankte sich für die Auskunft und drückte die rote Taste an seinem Telefon.

Langsam tut sich hier was auf, dachte er.

Er rief seinen Kollegen in Biel an. Nach einigem Blabla gab er ihm die Informationen, die dieser benötigte, um mehr über Löffler und seine Freundin zu erfahren.

Mittwoch

Am nächsten Morgen rief der Bieler Kollege zurück. Löffler sei mit einer Erika Salzmann zusammen gewesen. Mehr als fünfundzwanzig Jahre hätten sie in einem gemeinsamen Haushalt gelebt. Nach seinem Tod sei sie weggezogen. Als neue Adresse habe sie Zofingen angegeben.

Sie wohnte immer noch in Zofingen und führte ihrem ledigen Bruder den Haushalt. Moser rief sie an und bat um ein Gespräch über ihren verstorbenen Lebensgefährten. Sie könne bestimmen, wo sie sich treffen sollten. Sie klang wenig begeistert.

Nach all dem Trubel seit Jeans Tod sei sie endlich zur Ruhe gekommen, sagte sie. Und nun solle alles wieder hervorgeholt werden.

„Was war es denn für ein Trubel, von dem Sie sprechen?"

„Erbstreitigkeiten."

„Ich bitte Sie dringend um ein Gespräch, auch wenn es Ihnen schwerfällt, über die Vergangenheit zu reden."

„Also gut, ich komme morgen zu Ihnen nach Aarau."

Donnerstag

In der Erwartung eines emotionalen Gesprächs bat er Dolores um ihre Anwesenheit.

Erika Salzmann, eine zierliche Frau um die sechzig, meldete sich am Empfang. Dolores begrüßte sie und begleitete sie ins Besucherzimmer. Auf die Nachfrage, was sie gerne trinken wolle, entschied sie sich für einen ungesüßten Pfefferminztee.

Moser trat ein, stellte sich vor, hieß sie willkommen und bedankte sich für ihr Kommen.

„Hatte Jean etwas angestellt oder meint sein Bruder, es gebe noch irgendwelche Werte, die er als Erbe beanspruchen könne."

„Möglicherweise war Herr Löffler in eine Sache verwickelt, die wir aufzuklären versuchen. Wissen Sie, ob er einen Jacky Widmer kannte?"

„Ja, der Jacky, das war eine gute Seele; nachdem er seine Frau verloren hatte, besuchte er uns regelmäßig in Biel."

„Wie haben Sie ihn kennengelernt?"

„Das ist lange her, mehr als zwanzig Jahre. Mit unserem Wohnwagen machten wir jeden Sommer Urlaub im Campo Felice am Lago Maggiore. Dort begegneten wir Jacky mit seiner Frau und ihrer kleinen Tochter. Wir saßen oft zusammen, Jacky und Jean hatten ihre Angelruten dabei und saßen oft stundenlang am Seeufer und redeten, während sie die Köder badeten. Das tat beiden gut, Jean hatte ein steifes Knie und konnte uns nicht auf Wanderungen begleiten und Jacky wollte nicht wandern, er sagte, er müsse sich erholen, Bewegung habe er an seinem Arbeitsplatz genug. Es entwickelte sich eine tiefe Freundschaft zwischen den beiden Männern."

„Hat Jean Ihnen erzählt, wie er an das versteifte Knie gekommen ist?"

„Ja, eine traurige Geschichte: Er war der einzige Sohn seiner Eltern und entstammte einer kaputten Ehe, die bald geschieden wurde. Wenig später heiratete seine Mutter wieder, der Vater verschwand und wurde nie mehr gesehen. Aus der zweiten Ehe ging sein Halbbruder hervor, der von beiden Elternteilen verwöhnt wurde und alles, was anderen verboten war, straflos tun durfte. Im Garten hinter ihrem Haus stand eine riesige alte Linde. Die Jungs bauten in den Ästen eine Baumhütte. Eines Tages saß Jean allein in der Hütte und las in einem Buch. Sein jüngerer Bruder nutzte die Gelegenheit und entfernte die angelehnte Leiter. Jean bat ihn, die Leiter wieder an den Baum zu lehnen, doch sein Bruder lachte ihn aus. Als Jean beim Abendessen fehlte, erzählte sein Bruder den Eltern, Jean habe ihm sein Fahrrad versteckt und das lasse er sich nicht bieten, deshalb solle dieser so lange in der Baumhütte bleiben, bis er ihm das Versteck verraten würde. Dazu erhielt er die Zustimmung des Vaters und Jean musste auf dem Baum ausharren. Ein übles Gewitter zog auf, es rüttelte und schüttelte den Baum, Jean geriet in Panik, und als ihm auch nach lautem Rufen niemand half, sprang er vom Baum. Dabei verletzte er sich derart am Knie, dass es versteift werden musste.

Alle verhöhnten ihn; selbst als herauskam, dass es nicht Jean war, der das Velo seines Bruders versteckt hatte, wurde er weiterhin vom Stiefvater gerügt und beschimpft.

Von da an hinkte er leicht und musste ständig Schmährufe seiner Mitschüler ertragen. Das Ereignis sollte ihn fürs ganze Leben prägen. Er wurde zum Einzelgänger, wollte sich zu nichts verpflichten. Auch heiraten wollte er nicht, suchte immer nach Ausflüchten, wenn ich ihn darauf ansprach. Ein Fehler, den ich auszubaden hatte."

„Warum halten Sie es für einen Fehler, dass er nicht heiraten wollte?"

„Jean verließ, kaum dass er erwachsen war, sein Elternhaus und zog ins Welsche. Ohne Berufsausbildung blieb er stets derjenige, dem die niederen Arbeiten zugewiesen wurden. Erst die Anstellung im Krematorium gab ihm etwas Würde zurück. Er ging auf in seiner Tätigkeit.

Ich lernte ihn an einem Leseabend in der Stadtbibliothek kennen. Das ist nun fast dreißig Jahre her. Zu seiner Familie hatte er alle Verbindungen abgebrochen. Auch ich wusste lange Jahre nicht, dass er einen Halbbruder hatte.

Nach seinem plötzlichen Tod informierte das Zivilstandsamt diesen Bruder über Jeans Ableben. Dieser meldete sich umgehend. Ich mache es kurz: Er, der seinen Bruder als Jugendlicher stets geplagt und schikaniert hatte, forderte als sein nächster Verwandter das gesamte Erbe für sich. Mir blieb nichts. Hätte ich nicht Quittungen über die von meinem Geld erworbenen Sachen vorweisen können, hätte er mir auch noch die Möbel genommen."

Dolores schluckte, eine weitere Geschichte, die zu hören zu ihrem Beruf gehörte.

„Wie heißt denn dieser Bruder und wo wohnt er?", fragte sie.

„Jeans Stiefvater hatte es abgelehnt, den Sohn seiner Frau aus erster Ehe zu adoptieren, deshalb trug Jean als Einziger in der Familie einen anderen Namen. Der Halbbruder heißt Langenegger, er wohnt am Zuger See."

Moser erkannte augenblicklich den Zusammenhang zwischen Jacky, Jean und Langenegger und schlug vor, eine kurze Pause zu machen. Dolores bot sich nochmals an, Kaffee und Tee zu organisieren, während er sich im Internet versicherte, dass der Langenegger, an den er dachte, auch jener war, dem Jacky und Jean eins hatten auswischen wollen.

Nachdem sich wieder alle am Tisch versammelt hatten, fragte Frau Salzmann: „Darf ich jetzt erfahren, was es mit Ihren Fragen über Jean auf sich hat?"

Moser entgegnete: „Wir wissen, dass Jacky Widmer bei seinem letzten Auftrag für die Immogiardino an diversen Orten menschliche Glieder versteckt hat. Wir wissen außerdem, dass mindestens eines von einer Leiche stammt, die im Krematorium Bern verbrannt wurde. Unsere Vermutung wird noch durch die Tatsache gestützt, dass der operative Chef der Immogiardino ein Herr Langenegger ist. Jacky Widmer hatte in seinem Abschiedsbrief den Sachverhalt geschildert und als Motiv Rache an dem Immobilienunternehmen genannt. Der Brief wurde einem jungen Journalisten übergeben, der ihn im Wochenblatt veröffentlichte. Es gab Hinweise, dass Ihr Jean Löffler die abgeschnittenen Leichenteile besorgt hat. Wie Sie ja eben erklärten, hatte auch er Gründe, Herrn Langenegger zu schädigen."

„Das hätte ich ihm nicht zugetraut", sagte Frau Salzmann mit einem verschmitzten Lächeln. „Wo immer auch Jean sich jetzt aufhält, ob bei den Engeln oder mit seinem Freund Jacky in der Hölle, die beiden haben einen Weg gefunden, dem arroganten und geldgierigen Langenegger eins auszuwischen."

„Bitte unterzeichnen Sie nun das Protokoll Ihrer Aussage, das Ihnen meine Kollegin vorlegen wird. Leider haben wir keine Möglichkeit, Sie für Ihre Auslagen zu entschädigen. Nochmals danke für Ihr Erscheinen." Moser verabschiedete sich.

Bei dieser Gelegenheit fragte Frau Salzmann, ob sie die Geschichte auch dem Zeitungsmann erzählen dürfe. Moser erklärte, es sei ihr freigestellt, über das Leben ihres verstorbenen Partners zu sprechen.

Der Fall schien gelöst. Am Tag nach Frau Salzmanns Anhörung informierte Moser während des Rapportes seine Kollegen: „Wir übergeben die Akten der Staatsanwaltschaft. Die beiden Verursacher dieses ganzen Wirbels leben nicht mehr, ob sonst jemand zur Rechenschaft gezogen werden muss, sollen die Juristen entscheiden."

Eine Woche später

Wieder war es das kleine Blatt aus dem Wynental, dem es gelang, eine Schlagzeile zu landen. Erika Salzmann hatte angerufen und sich mit dem Volontär getroffen. Einen ganzen Nachmittag lang hatte sie aus ihrem und Jeans Leben erzählt. Von seinem Halbbruder, der, wie sie recherchiert hatte, Chef jener Immobiliengesellschaft war, die das Paradies in Biswil gebaut hatte. Davon, dass ebendieser sich das Erbe von über hunderttausend Franken unter den Nagel gerissen hatte, obwohl er sich in den vergangenen vierzig Jahren nie um seinen Bruder gekümmert hatte.

Frau Böhm las den Bericht im Büro, das sie in diesen Tagen aufräumte. Sie hatte nach dem Wutausbruch ihres Chefs gekündigt. Scannte die Zeitung und verschickte den Artikel als Anhang an Langenegger und den Präsidenten des Verwaltungsrates.

Freitag

Am Morgen erhielten alle Mitglieder des Verwaltungsrates der Immogiardino die Aufforderung, am folgenden Dienstag zu einer dringenden Sitzung zu erscheinen. Langenegger wurde aufgefordert, sich zur gegebenen Zeit in seinem Büro aufzuhalten und auf Abruf für Auskünfte zur Verfügung zu stehen.

Am besagten Tag trafen die fünf Frauen und Männer des obersten Führungsorgans der Gesellschaft am Firmensitz ein und versammelten sich im Sitzungsraum oben im Attikageschoss.

Es dauerte, Langenegger saß wie auf glühenden Kohlen in seinem Sessel am Schreibtisch. An Arbeiten war nicht zu denken. Ein ungutes Gefühl beschlich ihn, der Bericht von der Partnerin seines Bruders war schonungslos ausgefallen. Beinahe alle Medien hatten ihn übernommen oder sich mit ihr getroffen und weitere Details über das Verhältnis zwischen ihm und seinem Bruder preisgegeben. Seine Frau traute sich nicht mehr unter die Leute, sie war es leid, dauernd auf die leidige Sache angesprochen zu werden. Seine Autorität als Chef war verflogen, er spürte, wie hinter seinem Rücken über ihn getuschelt wurde.

Endlich, nach beinahe zwei Stunden rief man ihn zur Sitzung.

Kaum hatte er Platz genommen, erhob der Präsident seine Stimme: „Herr Langenegger, wir haben uns in Ihnen getäuscht. Es hat sich herausgestellt, dass Sie charakterlich nicht für diesen Posten geeignet sind. Sie tragen die Schuld an dem ganzen Debakel in der Überbauung Paradies. Ihnen haben wir einen materiellen Schaden in Millionenhöhe zu verdanken. Hinzu kommt ein Imageschaden, dessen Wert wir nicht beziffern können.

Wie wir vernommen haben, haben Sie das Erbe Ihres Halbbruders angetreten. Sie haben somit den Verursacher des Schadens, den unsere Gesellschaft zu erleiden hatte, beerbt. Strafrechtlich können Sie nicht für die Verbrechen Ihres Bruders belangt werden. Allerdings haften Sie für die Verluste der Firma mit Ihrem gesamten Privatvermögen. Sie werden, wie unser Anwalt bestätigt hat, auch für die Schäden, die erst nach dem Tod Ihres Bruders bekannt wurden, geradestehen müssen."

Nach einer kurzen Pause und einem Schluck Wasser fuhr er fort: „Jedem anderen hätten wir die Chance gegeben, von sich aus seinen Posten zu kündigen. In Ihrem Fall ist das nicht möglich. Daher sind Sie mit sofortiger Wirkung entlassen. Der Herr Doktor wird Sie nach unten begleiten. Übergeben Sie ihm Ihre Schlüssel und verlassen Sie dieses Haus, das Sie im Anschluss nie wieder betreten dürfen. Ihr Geschäftswagen bleibt in der Garage, Sie haben keinen Zugang dazu."

Damit stand er auf und drehte Langenegger seinen Rücken zu.

In der Handelszeitung vom folgenden Freitag war unter den Nachrichten aus der Wirtschaft zu lesen, dass sich die Immogiardino mit Sitz in Zug mit sofortiger Wirkung von ihrem CEO getrennt habe. Ein Nachfolger sei noch nicht bestimmt.

Nachwort.

Schlagzeile in der Wochenzeitung:

Bauhandwerker weigern sich, eine neue Wohnsiedlung fertigzustellen.

Berichtet wurde, dass die zu Tiefstpreisen genötigten Bauhandwerker ihr Geld erst mit großer Verzögerung erhalten hatten.

Sie weigerten sich, ihre bereits weit gediehene Arbeit unter den bestehenden Bedingungen zu beenden und die Wohnungen fertigzustellen.

Meine Recherchen im Baugewerbe eröffneten mir eine für Außenstehende unglaubliche Unmoral. Scheinfirmen bieten ihre Leistungen unter den Gestehungskosten an. Ihre Angebote werden knapp kalkulierenden Anbietern als Leistungsvergleich präsentiert.
Wer sich vom riesigen Volumen eines Auftrags für mehrere Hundert Wohnungen blenden lässt, verliert. Meist alles. Unternehmen, Vermögen, Ehre. Ehe.

Diese Missstände inspirierten mich zu der Geschichte vom Fund im Abflussrohr.

Alle erwähnten Personen und Unternehmen sind frei erfunden, die Handlung fiktiv, auch wenn sie sich so hätte ereignen können.

Menziken, 15.10.2018

www.hansschaub.ch

Von Hans Schaub erschienen:

Sachbuch,

Nachfolgeplanung in KMU, ISBN 978-3-258-07492-4

Romane:

Schuldig geboren, ISNB 978-3-9523657-6-2

Das blonde Zigeunermädchen, ISNB 978-3-9524265-0-0

Bigler und der Franzose, ISNB 978-3-86870-993-3

Alle Romane sind als E-Book erhältlich

FSC
www.fsc.org

MIX

Papier | Fördert
gute Waldnutzung

FSC® C083411

Zeitfracht Medien GmbH
Ferdinand-Jühlke-Straße 7
99095 Erfurt, Deutschland
produktsicherheit@kolibri360.de